講談社文庫

東京駅殺人事件

西村京太郎

JN166353

講談社

東京駅殺人事件——目次

第一章　駅長室

1

東京駅長の北島祐也《きたじまゆうや》は、いつも午前五時半に、平塚《ひらつか》の自宅で眼をさます。顔を洗い、朝食ができるまで、家の周囲をジョギングする。ここ五年間、変わることのない日課である。

ただ一つ、変わったことといえば、去年の春に妻の久子《ひさこ》が急死し、朝食を作ってくれるのが、娘の真紀《まき》に代わったことである。

ジョギングコースに農家が一軒あって、そこで桃の枝を一本もらって戻り、花びんにさした。もう春だなと思う。

北島は五十三歳。どちらかといえば寡黙で、喜怒哀楽を表に出さないほうである。

昭和一ケタの照れのせいもある。

長男の徹《とおる》は技術畑に進み、現在、鉄建公団で働いていて、妻子がある。

一人娘の真紀は二十四歳。結婚適齢期である。

勤めに出ていたのを、久子が急死してから辞めさせて、家事をやってもらっている。ただ、土曜日だけ神田のデザインルームで、アルバイトをしていた。

父親に似て口数の少ない娘で、別に不満をいわないが、北島は内心、申し訳ないと思っていた。

子供には子供の人生がある。真紀には真紀の人生がある。そうわかっているのだが、つい彼女に食事を作らせて、家事をさせてしまう。

「今日は三月十四日だったたな」

北島が朝食の間、口にした言葉はそれだけである。本当は「すまないな」といいたいのだが、それがいえず、日時の確認みたいなことを、口にしてしまうのである。

真紀も、そんな父親のことを知っているから、笑って、

「ええ、三月十四日よ」

「そうだな」

それで、朝の会話は終わりである。

国鉄の平塚駅まで、真紀の運転する車で送ってもらう。六時二〇分、平塚発の電車に乗る。いつもこの電車である。平塚駅の助役が敬礼して、北島を送る。これも変わらない。

東京駅着が七時三一分。7番線に着く電車から降りてゆっくりと歩き、七時四十分に丸の内中央口近くにある駅長室に入る。

この時刻も駅長になって五年間、ほとんど一分と違わないのである。

東京駅は、明治四十一年、当時の新橋駅に代わる東京中央駅として計画され、六年九カ月の歳月、延べ七十五万人の人員、それに、当時の金で二百八十万円の巨費を費やして完成した。

大正三年十二月十五日に完成、「東京駅」と命名され、同年十二月二十日に正式開業した。

ルネッサンス様式の赤レンガ三階建てで、当時の代表的な建物だった。

戦争で外壁だけを残して焼け落ちてしまい、応急修理が行なわれて、現在に至っている。

昔、八角ドーム屋根だったのが寄棟屋根になってしまい、全体の調和が崩れたと嘆く人もいる。

明治、大正期の建物だけに、駅長室も大らかに造られている。

天井が恐ろしく高い。部屋もだだっ広くて、冷暖房には不便だが、北島はこの広い部屋が好きだった。

彼が座る大机の横には、可愛らしいぬいぐるみの猫が置いてある。場違いに見えるこの猫は、娘の真紀が作ってくれたもので、どことなく猫の表情が北島に似ているところが面白い。

北島は、いつものように猫の頭を軽く叩いてから、着替えにかかった。

私服から制服に着替えるのは、駅長室である。

鏡の前で帽子をかぶり、ネクタイを直してみる。

駅長の帽子には、金すじが三本入っている。東京駅に五十六人いる助役の帽子は金すじ二本である。

ソファに腰を下ろして一服していると、首席助役の木暮《こぐれ》が、昨日の営業成績の報告にやってくる。

木暮は、中学を卒業して、すぐ国鉄に入った男である。十五歳で青梅《おうめ》線の出札掛を務めてから現在まで、三十八年間、国鉄一筋にやってきた。東京駅に来てからも二十年になる。この駅の隅から隅まで知っていることでは、駅長の北島より上だろう。

東京駅の一日の売り上げは三億円から四億円で、昨日は三億五千万円。だいたい平均の売り上げだった。

「まああだね」

と、北島は肯《うなず》いてから、

「カナダ首相夫妻が来られるのは、午後二時だったね？」

と、確認するようにいった。

「午後二時に東京駅に着かれ、貴賓室で、ひと休みされたあと、一四時二四分の『ひかり155号』岡山行きに乗車されることになっています」

二日前に来日したカナダ首相夫妻は、日本政府要人との会談を終え、今日の午後、京都へ行くことになっていた。

一行は随員、外務省の北米担当官、警視庁のＳＰなど四十三名で、12号グリーン車一両を、国鉄はあてている。

「カナダ首相なら、過激派や右翼の問題はないだろうね」

「公安もそう思っているようです。危険はないと思っています。警備問題よりも、新幹線が時間どおりに動いてくれるかどうかのほうが、気になります。一分でも遅れますと、日本の新幹線の評判に傷がつきますから」

「現在のところ、異常なく動いているんだろう？」

「すべての列車がダイヤどおりに動いています」

東京駅を一日に発着する列車は、約三千本である。

さまざまな色のさまざまな形の列車が、間断なく発着する。

新幹線は、「ひかり」と「こだま」が、四分から十五、六分間隔で発車している。

東海道本線の主役は西に向かうブルートレインである。午前中、九州方面からブルートレインが到着し、午後の四時半から、九州行きのブルートレインが相次いで発車していく。

その他、京浜東北線、山手線、中央線といった通勤、通学電車が発着する。地下ホームからは、横須賀線、総武線が発着する。

外国人が東京駅へ見学に来て、最初に驚くのが、目まぐるしく発着する列車の過密ぶりである。

「マジックだ」という、賞讃とも皮肉ともつかぬ外国人の言葉を、北島は何度聞いたかわからない。

電話が鳴った。

2

北島が受話器を取ると、珍しく娘の真紀からだった。

昔気質《かたぎ》の父親は、よほどのことがないかぎり、職場である東京駅の駅長室に電話するなといってあった。

「なんだ？」

と、北島はきいた。

「今、神田だけど、お父さまが出勤したあとで、郵便受けを見たら手紙が入ってたの。お父さま宛になってるわ」

真紀の声は、やや甲高《かんだか》い。そんなところは亡くなった久子に似ていて、ときどきハッとすることがある。

「誰からの手紙だ？」

「新宿区四谷の山田《やまだ》太郎《たろう》と書いてあるわ」

「山田太郎！　銀行の通帳のモデルみたいな名前だな」

もちろん、知人や友人に山田太郎という名前はなかった。

「東京駅長、北島祐也様となってるわ。わざわざ親展と書いてあるわ。持っていきましょうか？」

「どうせ、国鉄に対する文句を書いてよこしたんだろう。最近、運賃値上げがあったからね。こっちにも、何通も抗議の手紙が来てるよ。帰ってから見る」

「はい」

「それよりな――」

「なに？　お父さま」

「いや、帰ってから話すよ」

と、北島はいって、電話を切った。

実は二日前に、先輩で国鉄ＯＢの人から、真紀の見合い写真を渡されている。なかなかの好男子で、Ｓ大を出て、現在、Ｍ物産に勤めているエリートサラリーマンである。年齢も真紀より三歳年上で、ちょうどいい。

だが、何となく真紀に写真を見せたくない気持ちが、北島にはある。真紀が、気に入りそうなので嫌なのだ。

「ひと廻りしてこよう」

北島は帽子を手に取り、木暮にいった。

まず午後に、カナダ首相夫妻が乗る新幹線ホームを見て廻る。夫妻の乗る「ひかり155号」は、15番線から出発する。

今日が土曜日のせいか、「ひかり」は、ほぼ満席で出発して行く。午後になれば、乗客はもっと増えてくるだろう。

北島は、各ホームや八重洲《やえす》口、丸の内口、それぞれのコンコースも見て歩いた。

八重洲中央口の待合室をのぞくと、隅のベンチに見なれた顔がいた。

「いるね」

と、北島は、何となく微笑した。

「追い払いますか？」

木暮がきく。北島は手を振って、

「放っておいていいだろう。別に乗客や駅員に悪さをするわけじゃないからね。それに、全員をいちいち追っ払っていたら大変だ」

東京駅を根城にしているホームレスは、現在七十人前後である。

今、待合室の隅にいたのは、その中でも古株で、綽名《あだな》は「ダンナさん」である。嘘《うそ》か本当か、京都の大きな料亭の主人だったという五十四歳の男だった。でっぷりと太って、顔は汚れているが、品もあり、言葉遣いも丁寧である。

ホームレスの名簿ができていて、駅長室に置いてある。正式の名称は構内不法立入者名簿。東京鉄道公安室で作成したものである。

しかし北島は、彼らを無理に追い出す方法はとらなかった。

終電車が出てしまい、午前一時になると、東京駅のシャッターが閉められ、ホームレスは駅の外に追い出される。彼らを追い出すのは、そのときだけでいいと、北島は考えていた。今のところ彼らは、他の乗客に迷惑をかけてもいないし、何かの事件を起こしたということもない。

「ダンナさん」などは、むしろ駅員たちに愛される存在だといっていいだろう。

鉄道公安室に寄って、今日のカナダ首相夫妻の警護について、打ち合わせをする。

東京駅の鉄道公安室には、室長以下七十九人の公安官と、九十二人の公安機動隊員がいる。警察官に似た服装をしているが、彼らは国鉄職員である。

室長の三沢《みさわ》も、今日の警護については楽観していた。

今のところ、日本とカナダの間には、これという懸案事項もないし、アメリカ大統領が来日したときは、左翼の過激な貼り紙が東京中に貼りつけられていたが、今回は一枚もなかったからである。

北島が三沢と話している間に、八重洲口の「みどりの窓口」で、かっぱらい事件が起きて、二人の公安官が飛んで行った。

不正乗車などを除けば、東京駅で多く発生する事件は、かっぱらいだろう。駅の構内での置引きのほか、東京駅に到着する列車でのかっぱらいも多い。いわゆる箱師と呼ばれる犯人たちである。

何本ものブルートレインや新幹線が東京駅に近づくと、乗客は、網棚の荷物をおろしたり、洗面所で顔を洗ったりして、降りる準備を始める。

そこが箱師たちの付け目なのだ。女性客だと、網棚の荷物をおろしているときに、座席に置いたハンドバッグをかっぱらう。

男性客だと、座席に上衣をかけて洗面所へ立ったりする。そのすきに、内ポケットから財布《さいふ》を抜き取るのだ。

列車が東京駅に着くと、彼らは素早くホームに降り、トイレで、現金だけを抜き取って、何食わぬ顔で出て来る。

午前九時三十分。

駅長室に戻った北島は、隣りの「梅の間」と呼ばれる会議室で、助役や運転主任たちと定例会議を開いた。

「梅の間」には、歴代の駅長の写真が飾ってある。

通常の場合は、昨夜の泊まり勤務について、報告を受けるだけなのだが、今日は午後二時にカナダ首相夫妻が到着するので、そのための打ち合わせもしておかなければならない。

東京駅には八重洲口側と丸の内口側とを結ぶ通路が、八本ある。七本だったのが、最近、中央地下通路が完成して、八本になったのである。

このうち、一般の乗客が使えるのが六本である。残りの二本は、一つが小荷物用通路、もう一本が、今日、使用する貴賓用特別通路である。

貴賓用は中央通路の南にあり、今日のように使用される場合は、前日から、赤絨毯《じゅうたん》が敷かれている。

こうした行事になると、生き字引といわれる首席助役の木暮の独壇場である。皇族、大臣、外国賓客それぞれに、先導の方法が違う。従って今日は、木暮と北島の二人で、カナダ首相夫妻を先導することになるだろう。

電話が鳴った。

内勤助役の田中《たなか》が椅子から立って、受話器を取った。

「こちらは駅長室です」

と、おだやかに応じていたが、急に眉を寄せて、

「何だって？」

声が大きくなった。

3

「どうしたんだ？　田中君」

北島が声をかけた。

田中は、手で送話口を押さえて、

「頭のおかしな男です。駅長に一億円よこせといっています。よこさなければ今日の午後、何が東京駅で起きるかわからないと」

いつもなら、いたずら電話だと片付けてしまうのだが、今日は午後二時にカナダ首相夫妻が来る。万一ということも考えなければならなかった。

「私がかわろう」

北島は受話器を受け取った。

「駅長の北島だ」

というと、男の声で、

「今日の午後二時に、カナダ首相夫妻が、東京から、新幹線で京都へ行くだろう？」

「そうだ」

北島は肯きながら、田中に合図した。

田中は小型のテープレコーダーを持って来て、電話に接続し、スイッチを入れた。

「無事に京都へ行かせたかったら、一億円払うんだ」

男の声がいった。

高い声である。

「何だと？」

「一億円だ。外国の国賓も東京駅も無事なら、安いものだろう？」

「何をいいたいのか、よくわからんね」

「おれのいうことを、いたずらだと思うのなら、勝手にしろ。そのかわり午後二時頃、東京駅で何が起きても、おれは知らんぞ。たとえば東京駅のどこかで、ダイナマイトが爆発して、カナダ首相夫妻を始めとして、一般乗客が死傷することになるかもしれないんだ」

「急にそんなことをいわれても困るね」

「急にじゃない。前もって手紙を出しておいたはずだぞ」

と、男がいった。

(手紙?)

と、口の中で呟《つぶや》いてから、北島は、娘の真紀からの電話のことを思い出した。真紀がいっていた手紙というのは、それなのか。

「君は、四谷の山田太郎か?」

北島がきくと、相手は、クスッと声に出して笑った。

「そうだ。十二時に、一億円をどこへ持って行くか、指示する」

「一億円もの大金が、そんなに簡単に用意できると思ってるのかね?」

北島が腹立たしげにいうと、男はまた笑った。

「おれは知ってるんだ。東京駅の一日の売り上げは平均三億円だ。翌日の朝、千代田区大手町のH銀行が受け取りに来る。だが、今日は第二土曜日で銀行は休みだ。とすれば、昨日の売り上げ三億円は、東京駅に保管されているはずだ。その三億円全部をよこせといってるんじゃない。そのうちの一億円だよ。一億円なら、一万円札で揃《そろ》うだろう。それを、大きめのスーツケースに入れて、十二時のこちらの指示を待つんだ、おれは本気だぜ」

電話は切れた。

北島は受話器を置くと、そこにいる助役や運転主任たちの顔を見廻した。

「このテープを聞かせるから、これがたんなるいたずらかどうか判断してもらいたい」

そういってから、腕時計に眼をやった。

午前九時五十分になろうとしていた。

4

寝台特急《ブルートレイン》「富士」が、十三両編成の青い車体を、蛇のようにくねらせながら、ゆっくりと10番線に入って来た。

前日の一三時二四分に宮崎を出発した「富士」は、二十時間三十四分の長旅を終えて、東京駅に着いたのである。

九時五八分。定刻どおりに、ブルートレイン「富士」は10番線ホームに着いた。

ゆっくりと眠れたという顔や、寝足りない顔が入り混じって、乗客がホームに降りてくる。

九州の土産品の大きな袋を持った乗客が多いのは、宮崎と東京を結ぶ寝台特急だからだろう。

1号車の乗務員室に乗っていた車掌長の山下《やました》は、鞄を提《さ》げ、1号車に乗客が残っていないかどうか点検した。

寝台特急「富士」の編成は、個室A寝台一両、二段式B寝台十一両、食堂車一両である。

一両だけ連結されている個室寝台車は、今の国鉄では、いちばん贅沢《ぜいたく》な車両といえるだろう。

片側に幅一メートルほどの通路があり、その通路に面して、十四の個室に並んでいる。

狭い個室だが、固定式のベッドに洗面台、鏡などがつき、中からカギがかかるようになっていて、完全なプライバシーが保てる。十三両編成で、一両しか個室寝台がないので、行楽シーズンには、指定券を手に入れるのが難しくなる。

個室の寝台料金は一万二千円。何よりもいいのは、個室なので、いつまでも寝ていていいことだろう。

山下車掌長は、一部屋ずつドアを開けて、のぞいていった。

めったにないが、ときたま酒を飲んで寝てしまい、終着の東京に着いても、知らずに眠っている乗客がいることがある。

忘れ物があることもある。

14号室から順番にのぞいていった。

真ん中の7号室のドアを開けて、山下車掌長は、おやおやという顔になった。

中年の男の乗客が、寝巻姿のまま、まだベッドに寝ていたからである。

山下は苦笑しながら個室に入り、

「もしもし、終着東京ですよ」

と、男の肩の近くを軽くゆすった。

だが、男はまったく返事をしなかった。

山下車掌長は急に不安になった。ときたま、列車内で心臓発作に襲われて、急死ということもあったからである。

「お客さん！」

と、山下は、俯《うつぶ》せて寝ている男を抱き起こした。

真っ青な顔が見えた。

「死んでいる——」

5

山下車掌長から駅の公安室に連絡され、死因に不審な点があるというので、公安室長の三沢が警察に知らせた。

桜田門から東京駅まで、パトカーを飛ばせば、十分とかからない。

午前十時二十分には、捜査一課の十津川《とつがわ》警部と亀井《かめい》刑事は、東京駅に着いていた。

丸の内口に、内勤助役の田中が迎えに出ていた。

「遺体は検視がすみ次第、霊安室へ運ばれます」

と、田中は、十津川にいった。

東京駅に、霊安室は二カ所ある。一階と地下二階である。

十津川と亀井は、田中助役の案内で一階の霊安室に向かった。

丸の内側から八重洲口側に抜ける通路のうち、北口の第二自由通路に入る。真ん中あたりまで歩くと、右側に「7」の数字を書いた扉が見える。

通行する人たちは、ほとんど気づかずに通り過ぎてしまうが、その扉の奥が霊安室である。

十津川たちは、田中助役に案内されて中に入った。

白いレンガをアーチ状に積み重ねた壁。うす暗い照明、正面奥に木製の台があって、運ばれてきた遺体は、その上に安置された。

横の小さな机の上に、ろうそくや線香が立てられた。線香の匂いが、天井の高い霊安室の中に漂ってくる。

駅の構内で飛びこみ自殺があった場合も、ここに安置されてから、家族に連絡がとられるのだという。

田中助役が白布をとった。

国鉄のマークの入った寝台車用の寝巻を着た男である。

同行した検死官が、素早く遺体を調べた。

「後頭部に裂傷、それと、のどに索痕《さくこん》があるね」

と、検死官は十津川にいった。

「つまり、どういうこと？」

「うしろから殴って気絶させておいて、のどを絞めて殺したんだ。ネクタイのようなもので、絞めたんだろうね」

「死亡推定時刻は？」

「解剖してみないと正確なことはわからないが、今から五、六時間前だと思うよ」

と、検死官がいった。

「所持品はどこにありますか？」

十津川は、田中助役にきいた。

「ここに置いてあります」

と、田中は霊安室の隅に置かれたボストンバッグや背広、コート、靴などを指さした。

三つ揃いの背広は、紺で、かなり上等のものだった。

「渡辺」のネームが入っていたが、ポケットの中には、五万六千円入りの財布があっただけで、身分証明書とか運転免許証といったものは見つからなかった。

ボストンバッグを下に置いたまま、中身も調べてみた。

かなり大きなルイ・ヴィトンのボストンバッグで、下着類やカメラ、それに、宮崎の土産品が入っていた。

被害者のポケットには、個室7号の寝台切符が入っていたが、宮崎からのものだった。

被害者が宮崎から乗ったことは、間違いないようである。

「金や腕時計なんかが盗《と》られていないところをみると、怨恨の線が強いですね」

亀井が小声で、十津川にいった。

「犯人は多分、同じブルートレイン『富士』に乗っていたんだろうが、今から見つけるのは、難しいな」

「それに、死後五、六時間たっているようですから、犯人は、東京駅まで乗らずに、途中で降りてしまったかもしれません。『富士』は、富士、沼津、熱海《あたみ》、横浜と停車しますから」

「そうだね」

十津川は肯いた。それに、列車の乗客は飛行機と違って、いちいち名前や住所を書いては乗らない。

(まず、身元を確かめることから始めなければならないな)

と、十津川は思った。

6

遺体は解剖のために、K大病院へ運ばれることになった。

十津川と亀井が、霊安室を出ようとすると、田中助役が、

「お二人に駅長室まで来ていただきたいんですが」

と、いった。

「駅長さんには、あとで、うちの課長から連絡すると思いますが」

「いえ、駅長は他のことで、お話ししたいことがあるといっています」

と、田中助役がいった。

十津川と亀井は、何の用かわからないままに、田中助役に案内されて、駅長室に足を運んだ。

北島駅長は、机に向かって、じっと考えこんでいたが、十津川たちが入って行くと、自分も立ち上がってきて、ソファをすすめた。

「霊安室に行ってきました」

十津川がいうと、北島は秘書に、何か飲み物を持ってくるようにいってから、

「7号室ですね。われわれは死んだ人のことを7号室のお客と呼んでいます」

「なるほど」

「一年に四、五人の人が、あの部屋に運ばれています」

と、北島はいってから、

「実は他にも当駅にとって、問題がありましてね。まず、これを聞いて下さい」

脅迫してきた男との会話を、テープで聞かせた。

聞き終わって、十津川は、亀井と顔を見合わせた。

北島は、テープを元へ戻しながら、

「三十人の助役たちに、このテープを聞かせたところ、たんなるいたずらと考える者、本当に何かやる気だという者、半々でした。警部は、どう思います？」

「今のところは、何ともいえませんね。とにかく、相手が本気なら、備えなければなりません。カナダ首相夫妻を、車で京都まで行かせることにしても、この犯人は、駅の中でダイナマイトを爆発させるでしょうね」

「どうしたらいいと思いますか？」

北島は、じっと十津川を見た。

「何か、このテープの主が、本気であることを証明するようなものを、持っていませんか？」

十津川は、慎重にいった。

「実は、私の家のほうにも、同じ男からと思われる手紙が来ていましてね。それを娘に持って来させることにしてあります。来たら、警部も見て下さい。殺人事件に取りかかられたところで、申し訳ありませんが」

「それは構いません。もし、この脅迫が本物なら、何十人という乗客が殺される危険がありますからね」

十津川は、相手を安心させるように微笑した。

「富士」の中で殺されていた男は、今のところ、身元を突き止めることから始めなければならない。十津川や亀井がいなくても、捜査は進められる。

「もう一度、テープを聞かせて下さい」

と、十津川はいい、亀井と二人で、じっとテープの中の北島駅長とのやりとりを聞いた。

「一億円は、すぐ用意できるんですか？」

十津川は、北島にきいてみた。

「残念ながら、男のいうとおり、一億円ぐらいはすぐ用意できます。昨日の売り上げのうち一億円は、一万円札であるはずです」

「大手町のＨ銀行が、翌朝、売り上げを受け取りに来るのは本当ですか？」

「それも事実です」

「そうだとすると、電話の男は、かなり東京駅のことにくわしいと見なければいけませんね」

「つまり、犯人は、本気でダイナマイトを爆発させようと思っているわけですね？」

「そう考えて対応したほうが、安全だと思います」

といってから、十津川は、

「守るとなると、この駅ほど守りにくい場所はありませんね。百二十円の入場券さえ買えば、駅のどこへでも入りこめるわけですからね」

それだけではなかった。

東京駅には、一日約三千本の列車が発着するという。単純計算すれば、一時間に百二十本、一分間に二本の列車が発着するのだ。

その乗客を、一人一人、点検できはしない。

「今、東京駅の一日の乗降客は、何人くらいですか？」

と、十津川はきいた。

「だいたい一日三十四万人ですが、今日は土曜日ですから、五十万人近くになるんじゃないかと思います」

首席助役の木暮がいった。

「五十万ですか」

亀井が、その数字に肩をすくめてしまった。

もちろん、三十万から五十万の人間が、一時に殺到するわけではない。問題の二時前後に、東京駅で乗り降りする乗客の数は二万人ぐらいだろう。だが、それだって、厖大《ぼうだい》な人数であることに変わりはない。その一人一人の身体検査など、思いもよらないことだった。

十津川は、詳細な東京駅の図面を見せてもらった。

「梅の間」のテーブルの上に広げられた図面を見て、いよいよ守りにくいことを感じないわけにはいかなかった。

丸の内側と八重洲口側の両方に、入口がある。それに両側をつなぐ通路。

東京駅が普通のビルだったら、この入口と通路を押さえてしまえばいい。

だが、ここは駅である。入口と通路を押さえただけでは、どうにもならない。

地下に1番線から4番線まで、地上には1番線から19番線まである列車の発着ホームがある。この入口は、押さえることはできない。そんなことをやったら駅ではなくなってしまう。

「ここにはステーションホテルがありましたね」

と、亀井がいった。

「ええ。東京ステーションホテルです。この東京駅の二階部分を占拠していますよ」

木暮首席助役が、その部分を指で示した。

「ホテルの部屋から、東京駅のコンコースが見えると聞きましたが」

亀井がきく。

「そのとおりですが、幸いステーションホテルは、目下修理中で、客を泊めていません」

「一つだけ障害が消えたね」

と、十津川がいった。

だが、十津川の顔に笑いはない。障害はいくらでもあったからである。

「犯人が、カナダ首相夫妻を狙っているのなら、防ぐ方法は、いくらでもあるんですがね」

亀井が、腹立たしげにいった。

それなら、首相の周囲《まわり》をSPでかためてしまえばいい。あるいは、ヘリコプターで運んでしまってもいいだろう。

だが、犯人が狙っているのは、カナダ首相夫妻ではなく、東京駅なのだ。カナダ首相夫妻は、ただ、騒ぎを大きくする役目でしかない。

「構内には、いろいろなものがありますね」

十津川は、冷静にいった。

まず、大丸デパートがある。

一階コンコースの土産物店、本屋、食堂、地下には、名店が並んでいる。サウナ風呂もある。

犯人は、百二十円の入場券を買って、改札を通ってから、ホームで爆発を起こすとはいっていないのだ。駅のどこでもいいのかもしれない。

「爆弾を仕掛けるとなると、場所は、いくらでもありますね」

亀井が、図面を見ながら、溜息をついた。

「犯人は、自分が東京に来なくても、爆弾を仕掛けることはできるよ」

と、十津川がいった。

「どうするんですか？」

「東京駅に着く列車の網棚にのせておけばいいんだ。午後二時に着く列車に、午後二時に爆発するようにセットした爆発物を網棚にのせておけば、その列車が、東京駅に着くと同時に爆発する」

「新幹線では、絶えず、網棚に不審な荷物があったら、車掌に知らせてくれるように車内放送をしていますが」

　木暮がいった。

「知っています。私も、新幹線で関西へ行ったとき聞きました。しかし、現実問題として、終着駅に着いて、みんなが降りてしまわないと、持ち主のない不審な荷物かどうか、わかりませんよ。荷物を網棚へのせておいて、食堂車へ行っている乗客もありますから」

　十津川がいった。

　亀井が、それに付け加えて、

「相手は、新幹線じゃなくてもいいわけですよ。たとえばぐるぐる回る山手線の網棚へダイナマイトを置いておいてもいいわけです。ちょうど、その電車が東京駅へ着く頃、爆発するようにセットしておけば、いいわけですから」

　といったとき、若い駅員が顔を出した。

「駅長のお嬢さんが、お見えになりました」

7

北島真紀は、その場の異様な空気を敏感に感じとったらしく、入口のところで、

「入って構いません？」

と、近くにいた田中助役にきいた。

「どうぞ。どうぞ」

田中がいう。

北島は立ち上がって、

「持って来てくれたか？」

と、娘に声をかけた。

真紀は一礼して、「梅の間」に入ってくると、父親に手紙を渡した。

北島は「娘の真紀です」と、十津川たちに紹介してから、

「お前は、中を読んでないだろうな？」

「ええ。お父さま宛の手紙ですから、読んでおりませんわ」

「それならいい。気をつけて帰りなさい」

北島がいい、真紀がクスッと笑ったのは、気をつけて――というのがおかしかったのだろう。いつもは、そういう言葉を、照れて口にしない父親だったからである。

真紀が帰ったあと、北島は封筒の封を切り、中の手紙に目を通していたが、急に顔

色を変えて、

「こりゃあ、大変だ」

「どうしたんです？」

十津川がきいた。

「これを見て下さい」

と、北島が、手紙を渡した。

十津川が眼を通し、亀井ものぞきこんだ。

〈三月十四日（土曜日）、東京駅を爆破する。ちょうどカナダ首相夫妻が到着する時刻に合わせてだ。東京駅は大混乱になるだろう。死傷者が出るかもしれん。この災厄を防ぎたければ、一万円札で一億円用意せよ。これがたんなる悪戯《いたずら》でない証拠に、東京駅のコインロッカーの一つに、時限爆弾を紙袋に詰めて入れておいた。爆発時刻は午前十一時にセットしてある。急いで探せば見つかるだろう。次の指示は直接駅長室にかける。そのときまでに覚悟をしておくことだ〉

十津川の顔色も変わった。

腕時計は、十時四十分を指している。

「コインロッカーは、全部でいくつあるんですか？」

「地下も入れて、四千五百七十八です」

内勤助役の田中が、間髪を入れずにいった。

「四千五百？」

「四千五百七十八個です」

「手の空《あ》いている駅員を総動員して、すべてのコインロッカーを調べて下さい！」

と、十津川は、北島にいった。

「たんなる脅しではないと、思うんですね？」

「犯人は、十二時に、もう一度電話してくるといったんでしょう？　十一時に爆発するようにセットしたものを、われわれに探させておいて、こちらが、本当とわかった頃、電話してくるつもりでいるんです。向こうはコインロッカーが爆発しても、警告だからいいんです。時間がない。すぐ探して下さい。紙袋に入っているはずです」

「犯人のいうことを信じるんですか？」

「今度だけはです。犯人の目的は、あくまで金ですからね。警告では、嘘はつかんでしょう。カメさん」

と、十津川は亀井を見て、

「すぐ、警察の爆発物処理班に来てもらってくれ」

8

東京駅の派出所にいる警官、鉄道公安官、それに、手の空いている駅員が動員されて、丸の内側、八重洲側、それに、地下にある四千五百七十八個のコインロッカーの点検が始まった。

十津川と亀井も、この作業に加わった。十一時までに見つけ出さなければならなかったからである。

警官や公安官、それに駅員たちは、焦《あせ》りから、コインロッカーの利用者と衝突を起こした。

利用者にしてみれば、自分が、ボストンバッグなり、スーツケーツを入れておいたところを、いきなり開けられ、頭にきたのだろう。

それでも、日本人の場合は、爆発物が仕掛けられているのだと説明すると、何とか理解してくれた。

しかし、日本の玄関、東京駅だけに、外国人の利用者も多い。それも、英語が通じる人間だけとは限らない。

八重洲口のコインロッカーで、そうした外国人と駅員が、衝突してしまった。

駅員が、マスターキーで開けようとしているところへ、利用者の外国人がやって来た。頭の禿《は》げた中年の白人だったが、顔色を変えて、駅員に殴りかかったのである。

若い駅員は、英語と日本語のチャンポンで、事情を説明しようとするのだが、いっこうに意思が通じず、相手は、ますますいきり立ってくる。

インフォメーション・センターから、英語に堪能な男が駈《か》けつけたが、らちがあかない。

相手は唾《つば》を飛ばして喋《しゃべ》っているのだが、まったくわからない。どうやら東欧の言葉らしいということになって、あわてて外務省に連絡して通訳に来てもらった。

似たようなごたごたは、丸の内側のコインロッカーでも起きた。

日本語のわかるアメリカ人に「ドロボー、ドロボー！」と叫ばれ、殴りかかられた駅員もいる。

爆発物処理班も駈けつけた。

紙袋に入ったダイナマイトが見つかったのは、十時五十六分だった。

あと四分遅ければ、八重洲中央口付近のコインロッカーが爆発し、何人かの人間が、負傷していたに違いなかった。

犯人は本気なのだ。

第二章　L特急「踊り子13号」

1

山本麻子《やまもとあさこ》は、何度、腕時計を見、駅の時計を見たかわからない。

何度見ても、すでに十一時に近い。

彼は、十時までには着くといっていたのだ。

ホームで待つというと、行き違いになるといけないといい、東京駅八重洲口の銀の鈴の下で待っているように、いわれたのである。

銀の鈴は、待ち合わせのための目印が欲しいという乗宿の要望に応《こた》えて、昭和四十三年六月に、作られたものである。

最初は、ボール紙の上に銀紙を貼りつけた鈴だった。翌年の四十四年に、直径七十センチ、クロームメッキした本物の銀の鈴が登場し、東京駅の名物になった。

その頃は、鈴の音をテープに入れて流していたのだが、今は、やっていない。テープがすり切れてしまったのだ。

麻子は辛抱しきれなくなって、インフォメーション・センターに行くと、

「人を探していただきたいんですけど」

と、いった。

相手は、びっくりした顔になって、

「ここは、そういうことはしませんがね」

「十時までに着くはずの人が、まだ着かないんです。列車の事故でもあって、遅れているということはありませんか？」

「どの列車に、どこから乗ってくるといっていたんですか？」

「宮崎から、ブルートレインの『富士』で来るといっていましたわ。その列車が、事故で、遅れているということはありませんの？」

「ブルートレイン『富士』ですか？」

と、おうむ返しにいってから、係員の顔色が変わった。

「はい。その列車に乗るといっていたんですけど。それが、何かあったんですか？」

「名前は何といいます？」

「渡辺裕介《ゆうすけ》です。年齢は四十歳。何があったんですか？」

麻子の顔色も変わっていた。

係員は「ちょっと待って下さい」といい、奥の部屋で、どこかに連絡しているようだったが、五、六分して、四十五、六歳の陽灼《ひや》けした顔の男がやって来た。

その男は、黒い警察手帳を麻子に見せた。

「警視庁の亀井といいます」

「渡辺さんが、どうかしたんでしょうか？」

相手が刑事と聞いて、麻子の不安は、いっそう強くなった。

「その人の特徴をいってくれませんか」

と、亀井刑事がいう。

「背の高さは、一七二・三センチだと思いますわ。痩《や》せているほうです。眼鏡はかけておりません。右眼の横に、かなり大きなホクロがあります」

麻子がいっている間、亀井は、手帳に書かれたものと、照合している様子だったが、

「実は、九時五八分に到着した『富士』の個室寝台で、男の乗客が殺されていまし

た。背広に渡辺のネームがあった以外、くわしい身元はわからず、困っていたのです。お気の毒ですが、どうもあなたのいわれた特徴と一致するようです」

「彼が死んだ――」

麻子は呆然として、言葉を呑みこんだ。

渡辺が死んだのか。あの元気で野心家で、麻子に優しかった渡辺が。

「彼の遺体は、どこにありますの？」

「大学病院です。私がご案内したいのですが、他の事件を抱えていますので。日下《くさか》という刑事を呼んでありますので、その男に、ご案内させます」

亀井はそういってから、急に手をあげて、

「日下君。こっちだ」

と、呼んだ。
二十七、八歳の若い刑事だった。
麻子は、その刑事に案内されて、信濃町にあるK大病院へ行った。

「失礼ですが、被害者の方とは、どんなご関係ですか？」

と、車の中で、日下がきいた。

「来月、結婚することになっていました」

麻子がいうと、日下は「え？」と、びっくりした顔で麻子を見た。

日下が変な顔をした理由は、もちろん、わかっている。

年齢が違い過ぎるというのだ。麻子は、同じような顔をされるのに、なれっこになっていた。なぜこうみんな年齢にこだわるのだろうか？

「ええと、あなたのお名前は——？」

日下がきいた。

「山本麻子です」

「二十五、六歳ですか？」

「二十八です」

「渡辺さんは四十代じゃありませんか？」

「ええ、ちょうど四十歳ですわ」

「ちょうどひと廻り違うんですね」

「たったひと廻りですわ」

と、麻子はいった。

K大病院に着き、麻子は、暗く寒い地下の霊安室で、変わり果てた渡辺と対面した。

「誰が、こんなことを――？」

眼を上げて、麻子は日下にきいた。

「それを調べているところです。協力してくれますね？」

「ええ」

「まず、ここを出ましょう」

と、日下はいった。

二人は地下室から出た。

日下は麻子を病院の前にある喫茶店へ案内した。まだモーニング・サービスの時間で、若い学生らしいカップルが、トーストとコーヒーのセットを食べている。

日下は、コーヒーを二つ注文してから、

「被害者の渡辺さんですが、財布は盗まれていませんでしたし、高級腕時計もはめていました」

「では、怨恨で、彼は殺されたんですか？」

「われわれは、そう見ています。それで、あなたに、いろいろとお聞きしたいのですよ。ショックを受けられている最中に、申し訳ないと思いますが」

「構いませんわ。何かしているほうが、気がまぎれますもの」

「渡辺さんは、どんな仕事をされていたんですか？」

「美術商です。中野で、『渡辺美術』という店をやっています」

「美術商ですか。宮崎から、ブルートレインの『富士』に乗っていますが、宮崎へは、何をしに行かれたんですか？」

「仕事だと聞いていますわ」

「仕事は順調だったんですか？」

「ええ。順調だったと聞いていました」

「あなたとは、どこで知り合ったんですか？」

「いわなければ、いけませんの？」

「ええ。いっていただきたいですね」

「私は、銀座の『ピノキオ』というクラブで働いています。渡辺は、よく仕事上のお客と一緒に飲みに来て、知り合ったんですわ」

「なるほど」

日下は肯いて、麻子の顔を見直している。銀座のクラブで働いているといったのが珍しかったのか、それとも、ホステスにしては、地味な恰好をしていると思ったのか。

「渡辺さんは、四十歳まで結婚をしなかったんですか？」

と、日下がきいた。

「二十前に一度結婚して、三年ほどで別れたと聞いています」

「あなたは、どうなんですか？」

「正直にいわなければ、いけませんの？」

「ええ。できれば」

「結婚したことはありませんわ。ただ、二十歳のとき同棲したことはあります。すぐ別れましたけど」

「あなたは美人で、魅力的だ」

と、日下はいった。

「どうもありがとう」

「殺された渡辺さんの他にも、あなたに結婚してくれといった男性は、何人もいたんじゃありませんか？」

「ええ。何人か結婚したいといってくれた人はいましたわ。刑事さんはそれが原因で、彼が殺されたとお考えなんですか？」

麻子が先廻りしていうと、日下は苦笑して、

「可能性の一つだと考えているだけです。他にも商売上のトラブルも考えられますし、宮崎から乗った列車の中で、他の乗客と喧嘩《けんか》になったということだって、考えられないことはありません。この頃は、どんなことででも殺人が起こりかねませんから」

「でも彼は、めったなことでは、喧嘩はしませんわ」

「辛抱強い性格だったわけですか？」

「ええ。素晴らしい美術品を手に入れるには、一にも二にも辛抱だというのが、彼の口癖だったんです。たとえば、どうしても手に入れたいものがあると、彼は、二年も三年もかけて、いろんな人に会って手に入れるんです。一人の人を五十回も訪ねたことがあったといってましたわ。門前払いをくっても、怒鳴られても、ときには、水をかけられても、我慢して会ったんですって。そんな彼が、列車の中で、他の乗客と喧嘩をして殺されるなんてことは、考えられませんわ」

「わかりました。確かに、渡辺さんがそういう人なら、喧嘩の末に殺されたということは、考えられませんね」

「わかっていただいて、ありがとう」

「え？」

「死んだあとで、彼が誤解されるのは、可哀そうですもの」

「本当に愛していたんですね」

日下がいうと、麻子は、黙って微笑した。

日下と殆《ほとん》ど違わない年齢《とし》なのだが、はるかに大人びて見えた。

「宮崎へも、仕事で行かれたといいましたね？」

と、日下はきいた。

「ええ」

「では、何か美術品を買いに行ったんでしょうか？」

「ええ。いろいろな情報が入って来るんです。大部分は真実性のない情報でも、こまめに出かけていないと、掘出し物は手に入らないといっていましたわ」

「すると、もし、いい物があったら、その場で買うわけですね？」

「ええ」

「しかし、財布には、六万円足らずしか、入っていませんでしたよ」

「現金は、あまり持ち歩かないんです。そのかわり、いつも小切手帳を持っていましたわ」

「おかしいな。小切手帳はありませんでしたよ。犯人が盗み出して、小切手を切るつもりだろうか？」

「いえ。他人には使えないはずですわ」

「他には、何を持って出かけたか、わかりますか？」

「いつも、白いスーツケースを持って出かけます。今度も、同じスーツケースを持って出かけるのを、四日前に見送りましたわ。東京駅のホームで」

「ちょっと待って下さい。ボストンバッグじゃありませんか？　ルイ・ヴィトンの茶色っぽいボストンバッグです」

「いいえ。ルイ・ヴィトンのものは持っていなかったはずですわ」

「一緒に東京駅へ行きましょう」

2

麻子は、日下刑事と車で、東京駅に戻った。

北側の通路を通り、霊安室の扉を開けて、中に入った。

うす暗く、ひんやりと冷たい部屋、そして、ろうそくの火。麻子は声もなく、霊安室の中を見廻した。

「これを見て下さい」

部屋の隅に置いてあったボストンバッグを、日下は麻子に指さした。

「ここに、彼の遺体が置いてあったんですね？」

「そうです。東京駅で亡くなった遺体は、ひとまず、この霊安室に安置されるそうです」

「この花は？」

「駅員の誰かが、置いたんでしょう。とにかく、このボストンバッグを見て下さい」

「見たこともないものですわ」

「本当ですね？」

「ええ」

「中には、着替えの下着とか、宮崎のお土産とか、カメラとかが入っているんですがね」

日下はバッグを開けて、中身を取り出した。

麻子は、ちらりと見ただけで、すぐ、

「彼のものじゃありませんわ」

「白いスーツケースじゃないからですか？　しかし、旅行でなくしてしまって、ルイ・ヴィトンのボストンバッグを買ったということも、考えられるんじゃありませんか？」

「ボストンバッグだけじゃありませんわ。彼は、カメラは持っていないんです」

「なぜ？」

「彼は自分の眼を信じていて、カメラのレンズは信じなかったんです。ですから、カメラは嫌いでしたわ」

「そうですか。とすると、他人のボストンバッグということになりますね」

「網棚の上にあったので、彼のものだと思って、車掌さんが持って来たんじゃありませんの？」

「それはありません。渡辺さんは、個室寝台にいましたから、他人の荷物がまぎれこむということはありません」

「そうですか」

「多分、犯人が、自分のものと、すりかえていったんでしょう。渡辺さんのスーツケースのほうが高価だったでしょうから」

「それは考えられませんわ」

「なぜですか？」

「彼が愛用していたスーツケースは日本製で、せいぜい五、六千円のものでしたわ。あのルイ・ヴィトンのボストンバッグのほうがずっと高価ですわ。偽物だとしても、一万円はするんじゃないかしら。下着だって、彼は安いものを使っていました。下着は清潔であれば、高いものはいらないといってましたから」

「小切手帳が入っていたんじゃありませんか？」

「小切手帳は、いつも内ポケットに入れていましたわ」

「わからなくなりましたよ」

日下は正直にいった。

確かに犯人が、自分のものと取りかえたという考えには、無理がありそうである。高価なスーツケースでなかったということもあるが、第一、犯人は、五万六千円入りの財布や高級腕時計を奪ってはいないのだ。

3

十津川は、いぜんとして、駅長や助役たちと「梅の間」にいた。

戻って来た亀井に、

「どうだったね？　殺人事件のほうは」

「今、日下君が引きついで調べていますが、被害者の身元が割れたようです」

「そうか。身元がわかれば、自然に犯人はわかってくるだろう。物盗りじゃなくて、あれは明らかに怨恨だからね」

「そう思います」

亀井は、壁の時計に眼をやった。

あと十五分で、犯人の予告した十二時になる。

「犯人の要求を呑むことになったんですか？」

と、亀井は、小声で十津川にきいた。

「一応、一万円札で一億円は用意して、そこのトランクに入っている。しかし、それを犯人に渡すかどうかは決めてない。渡せば、犯人は味をしめて、また、ゆすってくるだろうし、真似をする連中だって出てくる。それを考えれば、絶対に金は渡せない」

「そうですよ、警部。あんな犯人のいうことを聞く必要はありません」

亀井は、大きな声でいった。

その声が聞こえたとみえて、駅長の北島が、こちらを見た。

「しかし、拒否した場合、乗客の安全は保障できますか？　警視庁の警官全員を動員しても、不可能じゃないんですか？」

「そうですね。無理ですね」

十津川は、冷静にいった。

その一言で、いっそう会議の空気が重くなった。

十津川は言葉を続けて、

「今日一日、東京駅を守れというのなら、警視庁は全力をあげて守ります。しかし、駅には警官があふれ、乗客の所持品を片っ端から検査しなければならないことになります。それで何とか、今日一日は防げても、犯人のほうは明日、明後日《あさって》にも仕掛けてくるでしょう。向こうは、そのことだけに全力を傾ければいいわけですからね。そうなると、警察は、何日も、東京駅だけを守ってはいられなくなります。東京という大都会では、一日に二、三件の殺人事件は起きていますし、その他、強盗、傷害、詐欺などの事件は無数です。そのほかの捜査も、なおざりにはできませんから」

「つまり、守る手段はないということですね？」

田中助役がいった。別に皮肉をいったつもりはないだろうが、亀井たちにしてみれば、嫌でも皮肉に聞こえてくる。

「警察も全能じゃありませんよ」

と、亀井がいった。

「十津川さん」

駅長の北島は椅子から立ち上がり、何代もの駅長の写真に眼をやったまま、十津川に声をかけた。

「あなたは、爆弾犯人から東京駅を完全に守るのは、不可能だといわれた」

「正直に申し上げたのです」

「しかし、犯人の要求は、呑んではいけないといわれる」

「そうです。東京駅の所轄は、あくまでも駅員の皆さんにありますから、強制はできませんが」

「ここに、歴代の駅長の肖像写真がかかっています。自由奔放な人もいたし、繊細《せんさい》な人もいました。驚くような奇行の持ち主もいます。しかし、一貫して守ってきたのは、乗客の安全ということです。駅構内に出入りする人々の安全です。私も、その伝統を守りたい。何かの行動を起こすときは、駅長の名誉なんかより、お客の安全が第一なのですよ。その中には、切符を買って列車に乗って下さる方だけでなく、この東京駅へ来て下さる方も入っているのです」

「あと八分で、十二時になります」

と、木暮首席助役がいった。

爆発物処理班の米村《よねむら》が入って来た。

「八重洲口のコインロッカーで発見された爆発物ですが、持ち帰って爆発実験をしてみました」

と、米村は、「梅の間」にいる全員に向かって報告した。

「本物だったんだろうね？」

木暮首席助役がきいた。

「はい。本物でした。時限装置も正確に作動しましたから、発見が遅れていたら、大変なことになっていたと思います」

「威力は、どの程度のものだったんだろうか？」

「半径五メートル以内の人間は、間違いなく死ぬか重傷を負ったでしょうね。十メートルでも、散乱する破片で負傷したはずです」

「時限装置は、どんなものだったんだろうか？」

亀井がきいた。

「目覚まし時計を利用した単純なものです。しかし、クオーツ時計なので、音は聞こえませんから、発見するのは難しいですね」

「本当に、手の打ちようがないんだろうか？」

田中助役が、米村と十津川の顔を見た。

十津川は米村に、「ご苦労さん」と声をかけてから、

「まったくお手上げというわけではありません。目下、ダイナマイトの線と、爆発物を使う犯罪者のカードを洗っています。こういう犯罪者は、二度、三度と犯行を重ねることが多いですからね」

「それで、午後二時までに犯人を突き止められますか？」

「突き止めたいと念じています」

「それじゃあ困る。お客は守らなきゃならんのです。駅長のいわれたように、それがわれわれの使命ですからね」

「もちろん、結論を出すのは、あなた方です」

と、十津川はいった。

「総裁室に電話してくれ」

北島が、木暮首席助役にいった。

4

十二時きっかりに、駅長室の電話が鳴った。

テープレコーダーのスイッチが入り、北島は受話器を取った。

「山田太郎だ。一億円は用意できたか？」

と、さっきと同じ男の声がいった。

「用意はしてある」

「ものわかりがいいな」

「われわれは、何よりも、乗客の安全を考えなければならないからだ」

「賢明だよ。これから、その一億円の受け渡し方法をいう。ルイ・ヴィトンのボストンバッグに、その一億円を詰めろ」

「すぐには、そんなボストンバッグは手に入らんよ」

「デパートに、ブランド品のコーナーがある。そこに売っているよ。その売り場のルイ・ヴィトンで、いちばん大きなボストンバッグだ。一万円札で、一億円が楽に入る」

「それから、どうするんだ？」

「一二時三〇分に、東京駅の12番線から発車する伊豆急下田《いずきゅうしもだ》、修善寺《しゅぜんじ》行きの特急『踊り子13号』がある。4号車と5号車がグリーン車だ。4号車の4Aの座席の上に、一億円入りのボストンバッグを置いておくんだ」

「シートの上だな？」

「そうだ。おれの相棒が、午後二時までに、そのボストンバッグを持って消える。それを邪魔してはならん。相棒が、無事に一億円が手に入ったと、おれに連絡して来たら、東京駅に仕掛けた爆弾は爆破させない」

「もう、どこかに仕掛けたのか？」

「さあ、どうかな」

男は、電話の向こうで、憎らしく笑ってから、

「今、十二時六分だ。急がないと『踊り子13号』は発車してしまうぞ」

「もう一度、説明してくれないか。『踊り子13号』の何号車にのせるんだって？」

「テープを回して確かめろよ」

「テープなんか、とっていない」

「もし、それが本当なら、東京駅からは、あと二時間足らずで、死傷者の呻《うめ》き声が聞こえることになるだけだ」

男は、がちゃりと音を立てて、電話を切ってしまった。

電話は、四ツ谷駅近くの公衆電話ボックスからとわかり、すぐパトカーを直行させたが、電話ボックスは、すでに空であった。

そうしている間にも、時間は容赦《ようしゃ》なく、たっていく。

「もう行かないと、間に合わなくなりますよ」

田中助役がいった。

若い駅員が、デパートから、ルイ・ヴィトンのボストンバッグを買ってきていた。

一億円の札束を、その中に移しかえた。

「私が、『踊り子13号』に乗って行きます」

田中助役がいった。

「しかし、その恰好じゃあ、一億円を監視していると、すぐわかってしまいますよ」

と、十津川が、笑いながらいった。

田中助役が私服に着替え、亀井と二人で、一億円の入ったボストンバッグを持って、12番線に急いだ。

伊豆急下田、修善寺行きの「踊り子13号」は、もう入線していた。

列車は、二人が4号車に飛び乗ると、すぐ発車した。

「踊り子13号」は十五両編成で、先頭の1号車から10号車までが伊豆急下田行き、11号車から15号車が修善寺行きである。

途中、熱海で切り離される。

4号車と5号車がグリーン車で、4号車のほうには車掌が乗っている。

亀井と田中助役は、4号車に入った。

土曜日なのでほぼ満席だったが、犯人の指定した4Aと、隣りの4Bの座席は空《あ》いていた。

犯人が、あらかじめ並んだ二つの座席の切符を買っておいたのだろう。

まず、窓際の4Aの席に、一億円の入ったボストンバッグを置いた。

少し離れた座席が二つ空いていたので、亀井と田中は並んで腰を下ろした。四メートルほど離れているが、4Aに犯人がやってくれば、見えるだろう。

「次の停車駅は、品川です」

田中助役が小声で、亀井にいった。

「犯人は、駅に着く直前に、このボストンバッグを持って、駅に飛びおりるつもりでしょう」

「駅に近づいたら、注意しましょう」

「すぐには逮捕せず、二人で後《あと》をつけましょう。東京駅の爆弾も防がなければなりませんからね」

「具体的には、どうするんですか？」

「共犯者が金を持って行き、主犯に連絡したあと、逮捕できれば、いちばんいいんですが、やむを得ないときは、共犯者を逮捕して、主犯の居所を自供させます」

喋っている間に、品川に着いた。

二人は緊張して、4Aの座席に注目した。

が、犯人らしい人間は現われない。

「踊り子13号」は、すぐ発車した。

田中助役が、手帳に「踊り子13号」の停車駅を書いて、亀井に見せた。

川　崎	12：47
	↓
横　浜	12：54
	12：55
	↓
大　船	13：10
	↓
平　塚	13：23
	↓
小田原	13：37
	↓
湯河原	13：51
	↓
熱　海	13：56

「終着の下田は、一五時一五分です」

「犯人は、午後二時に、東京駅に爆弾を仕掛けるといっているんですから、下田ということはないでしょう。犯人が電話でいったように、熱海までの間に、あの一億円を持ち去ると思いますよ」

と、亀井はいった。

早く一億円を持って行って、東京駅のどこに爆発物を仕掛けるのか知りたいと、亀井は思う。それとも、すでに午後二時にセットした爆発物が、東京駅のどこかに仕掛けられているのだろうか？

5

日下は、山本麻子と中野にある「渡辺美術」店に来ていた。

店は閉まっていた。麻子がハンドバッグから、カギを取り出して、表のシャッターを開けた。

彼女は手なれた様子で、店の明かりをつけた。

（こういう関係なのか）

と、日下は思いながら、明るくなった店の中を見廻した。

さまざまな美術品が並んでいる。

ガラスケースの中にある刀剣は、さぞ高価なものなのだろうが、日下には、値段はわからない。

「ここにある刀は、どのくらいするものですか？」

と、日下は、きいてみた。

麻子は、ちらりと見て、

「ここにある美術品の中では、そう高いものじゃありませんわ」

「でも、百万単位でしょう？」

「ええ」

「いちばん高いものは、どんなものですか？」

「奥の金庫の中に入っていますわ」

麻子が先に、奥の座敷に入った。

小型の金庫があった。

「どんなものなんですか？」

「うすい古文書です。見せてもらったことがありますけど、藤原定家《ふじわらのていか》の真筆です」

「定家ですか」

その名前だけは、日下も知っていた。

「定家は小倉百人一首の撰者ですけど、必ずしもベストの歌ばかりが揃ってはいないといわれているんです。定家も、あきたらなかったとみえて、もう一つの百人一首を作っていたんです。なぜか、そちらのほうは、世に出なかったんです。でも、存在するといわれていたのを、渡辺さんが偶然、発見したんです」

「どのくらいの値段のものですか？」

「値段はつけられないといっていましたけど、彼は、少なくとも一億円の値打ちはあるといっていましたわ」

「一億円ですか。どこで、そんなものを掘り出したんですかね？」

「くわしいことは知りませんけど、京都市内の古書店で見つけたといっていましたわ。その店の主人は、値打ちに気がつかなくて、あとで地団駄《じだんだ》を踏んだと、彼は笑っていましたけど——」

「その男が殺したのだろうか？」

日下は口の中で呟《つぶや》いてみた。

麻子は聞こえなかったのか、何もいわなかった。

日下は、二階の書斎に入り、渡辺宛に来た手紙を見せてもらった。

渡辺自身も、筆まめだと麻子はいったが、それだけに、手紙も多かった。

日下は、それに一通ずつ眼を通していった。脅迫状のようなものが来ていないかと思ったからなのだが、驚いたことに、何通も出て来るのだ。

どうやら渡辺は、これはと思う美術品を見つけると、たいしたものではないといって、買い叩いて手に入れる。相手は、あとで高価なものと知り、欺《だま》されたと思って怒るらしい。

〈あなたのように立派な方が、ひとを欺すというのは、どういうことですか。殺してやりたいと思います〉

そんな手紙も見つかった。

渡辺は、この世界では、その鑑識眼に定評があった。その渡辺が、たいしたものではないというので、安く売り渡してしまったが、本当は、その十倍も二十倍も値打ちのあるものだったということが、よくあったらしい。

麻子がいった藤原定家のものについても、怒りの手紙が来ていた。

〈貴兄に、「定家撰　新百人一首」を見せたときのことを、小生は、はっきりと覚えています。小生が、ひょっとして定家の真筆ではないかと申し上げたところ、貴兄は、ぱらぱらとページを繰って、これは偽筆で、よくあるものだといわれた。そして、二万円で貴兄は買って行かれた。今年になって、突然、新聞紙上に、世紀の大発見として大きく報じられた古文書を見て、小生は愕然《がくぜん》としました。それは、一億円の値打ちがあるといい、貴兄は、入手先はいえないといっておられた。しかし、あれはまぎれもなく、小生のところから持ち去ったものではありませんか。小生は貴兄に欺されたのです。貴兄を信じ、欺されたのだ。小生の不徳ですが、だからといって、貴兄を許す気にはなれません。貴兄は、世紀の発見について得意満面でおられるが、遠からず天誅《てんちゅう》が下るだろう。小生が手を下すにしろ、他の人間がやるにしろである。

京都「古稀店《こき》」店主〉

6

「ずいぶん、いろいろな人から恨まれていたようですね」

日下がいうと、麻子はきっとした顔をして、

「みんな、相手が悪いんです」

「しかし、相手は欺されたと書いていますね」

「私はよく知らないんですけど、この世界は食うか食われるかだと、彼はいっていましたわ。彼自身も、偽物をつかまされたり、欺されたりして、自分の鑑識眼を高めてきたそうです。その京都の方だって、彼に恨みごとをいう前に、自分の眼のなさを反省すべきじゃないのかしら？」

「そういうものですか」

「ええ」

「問題の古文書を見せてもらえませんか？」

「捜査に必要ですの？」

「この人が、いちばん渡辺さんを恨んでいたようですからね。あなたは、この金庫の

番号をご存じなんでしょう？」

「ええ。ときどき、この店を委《まか》されることがありましたから」

麻子がいい、二人は階下《した》へおりた。

麻子はダイヤルを回して、金庫の扉を開けた。

「あらっ」

と、彼女が、声をあげた。

「どうしたんです？」

「ないわ。あの本がないんです」

「本当ですか？」

「ええ」

麻子は、金庫の中のものを、次々に取り出して、畳の上に放り出した。

さまざまな書類や預金通帳、一万円札で百万円の束。

「ないわ。やっぱり」

麻子が、溜息をついた。

「本当に、ここに入っていたんですか？」

日下は、金庫の中をのぞきこんだ。

「ええ。いつも彼は、ここへしまっていたんです」

「金庫の番号を知っていたのは、渡辺さんとあなたと、他にいましたか？」

「いないと思いますけど、絶対にいないとはいえませんわ」

麻子は、慎重にいった。

「この店には、一億円以上の美術品は、他にないんですか？」

「さあ。でも、二千万、三千万の美術品なら、いくらでもありますわ。唐三彩《とうさんさい》の壺なんか、五、六千万円はすると聞いたことがあります」

「無造作に置いてありますね」

「ええ」

「問題の古文書だけ金庫にしまっていたのは、高いからですか？」

「いいえ。彼は、これは国の宝だといっていましたわ。一応、一億円の値をつけてはいるが、価値は、計りしれないものだといっていました。それに、彼には発見者としての名誉が与えられると思います。国宝級の古文書を発見したんですもの」

「宮崎で、誰と会ったか知りませんか？」

「宮崎で、大事な取引があって行ってくるということを、聞いていました。相手の名前は、伊知地《いちじ》さんです」

「あなたは今日、東京駅に、渡辺さんを迎えに行ったんでしたね？」

「ええ」

「それは、彼から連絡があったんですか？」

「昨日の午前十一時頃、私のマンションに電話があったんです。明日帰る。東京駅には午前十時頃に着くから、銀の鈴の下で待っていてくれって」

「そのとき、他に何か、渡辺さんはいっていませんでしたか？」

「私は、仕事のほうはどうでしたかって、聞いたんです。うまくいったといってましたけど、それにしては、元気がないような気がしましたわ」

7

特急「踊り子13号」は、川崎に到着した。

亀井と田中は、４Ａの座席にあるボストンバッグを、じっと見つめている。

だが、誰も近づく気配はない。

列車は、すぐ発車した。

一二時四七分。定刻どおりである。

相変わらず、4A、4Bの二つの座席は、空いたままだった。

次の停車駅は横浜である。

犯人は、どこで、一億円を奪い取るつもりなのだろうか?

捜査一課では、目下、爆発物を使った犯罪を犯した前科者カードを洗い直しているだろう。

だが、容疑者が浮かび上がってくるだろうか?

昔は、よほどの専門家でなければ、時限装置のついた爆弾は作れなかった。しかし、今は、ダイナマイトと信管さえ手に入れば、たいていの人間が作れるのだ。

そして、ときどき建設現場から、ダイナマイトが盗まれる。

手先の器用な人間は、リモコンで爆破するように作ることさえできるのだ。

最近、リモコンで、狙う男の車を爆破した犯人がいたが、手先の器用な素人だった。

「亀井さん」

急に、田中が耳もとでささやいた。

4Dの座席に腰を下ろしていた二十五、六歳の男が席を立って、通路に出てから、じっと4Aに置かれたボストンバッグを、見つめているのだ。

しきりに首をひねっていたが、手を伸ばして、一億円入りのボストンバッグをつかんだ。

亀井の眼が険《けわ》しくなった。

あと五、六分で、横浜に着く。

男は、ボストンバッグを持って、すたすたと通路を、後部のほうへ歩き出した。

（共犯者だろうか？）

だが、それにしては、いやに落ち着き払っている。

亀井も立ち上がって、男のあとについて歩き出した。

（このまま横浜で降りる気なのだろうか？）

そうしたら、尾行したほうがいいだろう。

男は自動ドアを開けると、乗務員室のドアをノックしている。

ドアが開いて、車掌が顔を出した。

男は車掌に向かって、何かいい、ボストンバッグを差し出した。

男は渡してしまうと、戻ってきた。

亀井は、相手をやり過ごしておいてから、乗務員室をノックした。

また、車掌が顔を出した。

亀井は、警察手帳を見せて、

「今の乗客は、何しに来たんですか？」

「そこにあるボストンバッグの持ち主がいないみたいだといって、持って来て下さったんです。それで、これから車内放送をして、心当たりの人に来てもらおうと思っていたんですが」

「それは、いいんです」

「え？　どういうことですか？」

「とにかく、それは忘れ物じゃないんです。捜査に関係している物です。返して下さい。４Ａの座席に置いておかなければならないんです」

「よくわかりませんが――」

車掌は首をかしげながら、ルイ・ヴィトンのボストンバッグを渡してよこした。

亀井は舌打ちしながら、４Ａの座席に戻した。

さっきの男が、変な顔をして見ていたが、亀井が睨《にら》み返すと、あわてて窓の外に眼をやってしまった。

「忘れ物だと思ったんですか？」

田中助役が、小声できいた。

「そうです。余計なことをしやがって」

「まあ、善意でやったことですから、仕方がないでしょう」

「それは、そうですがね」

亀井も苦笑した。考えてみれば、４Dの男も、亀井たちの邪魔をしようとして、あんなことをしたのではあるまい。

車内放送で、よく、不審な荷物があったら、車掌まで知らせて下さいといっているので、車掌のところへ持って行ったのだろう。

一二時五四分に横浜に着いた。

何も起きない。

若いカップルが乗って来て、うしろのほうの座席に並んで腰を下ろした。

降りる客はいなかった。

下田や修善寺へ行く列車なので、横浜あたりで降りる乗客はいないのだろう。

一分停車で、「踊り子13号」は、再び動き出した。

8

東京駅の「梅の間」では、遅い昼食が始まっていた。

日本食堂の定食がテーブルの上に並べられた。

「どうぞ、食べて下さい」

北島が、十津川にすすめた。

「梅の間」には、公安室長の三沢も加わっていた。

十津川は、自分が遠慮してはと思い、箸《はし》をつけたが、首席助役の木暮は懐中時計を見て、

「特急『踊り子13号』は、横浜を出たところですね」

「犯人は、本当に、一億円を取りに現われるでしょうか？」

北島が、十津川にきいた。

「わかりませんね。４Ａの座席というと、前から四列目の窓側の席ということになりますね」

十津川は、確認するようにいった。

木暮が、特急グリーン車の図面を持って来て、テーブルの上に置いた。

通路をへだてて、両側に二席ずつ並んでいる。全部で十二列、合計四十八座席である。

進行方向（熱海方面）に対して、最前列が1Aから1Dまでである。

問題の4Aは、前から四列目の左側の窓際の席だった。

グリーン車では、後尾のほうに乗務員室、トイレ、洗面所がついている。

「今日は土曜日だから、かなり混んでいるでしょうね？」

十津川は、図面を見ながら木暮にきいた。

「そうですね。グリーン車でも、一〇〇パーセント近い乗車率になっていると思います」

「犯人は、前もって、この『踊り子13号』の4Aの切符を買っていたと思いますね。だから4Aと指定してきたんでしょう。あるいは、その隣りの4Bも買ってあるかもしれない。そうだ、この4Aが、どこまで買ってあるか調べてくれませんか。どんな人間が買ったのかわかれば、なおいいですが」

十津川がいうと、木暮が、すぐ電話で問い合わせた。

結果は、すぐわかった。

「売ったのは、この東京駅で、昨日です。買いに来たのは、サングラスをかけた男で、グリーン車を二枚といったので、４Ａと４Ｂの並びの切符を渡しました。行く先は、二枚とも熱海までです」

「やはり、熱海までですか」

と、十津川は、肯いた。

「踊り子13号」の熱海着は一三時五六分である。午後二時と時間を限っている犯人が、熱海以降で一億円を奪うというのは、おかしいのだ。

「犯人が現われて、一億円入りのボストンバッグを取ろうとしたら、どうするつもりですか？」

公安室長の三沢が、十津川にきいた。

「亀井刑事には、臨機応変に対応しろといってあります」

「その場で有無をいわせず逮捕して、主犯の居場所を自供させたほうがいいんじゃありませんか？」

「それで、東京駅が爆破をまぬがれれば、いいんですがね」

十津川は考えながらいった。

「しかし、十津川さん、警視庁は、金なんか出すな、出せば甘く見られて、何度でも脅してくるという意見だったんじゃありませんか？」

「そうです」

「それなのに、逮捕は反対なんですか？」

「そうです。一億円を用意した以上、それをエサにして、何としてでも、爆破は防がなければと思うのです。亀井刑事はベテランですから、尾行したほうがよければ尾行するでしょうし、その場で逮捕したほうがいいと判断すれば、逮捕すると思います」

「そんなに楽観していて、いいんですかね」

三沢は、眉をひそめた。

「別に楽観はしていませんよ」

と、十津川は、いい返した。

三沢には、鉄道に関することなら、自分のほうがくわしいのだという自負があるのだろう。もちろん、東京駅の治安についてもである。

電話が鳴り、受話器を取った木暮が、「警部にです」といった。

十津川が受話器を取ると、西本《にしもと》刑事からだった。

「爆発物を使って、脅迫する常習者のリストを作成して、片っ端からあたってみましたが、服役中だったり、病死していたりで、残るのは二人しかいません。この二人にしても、現在は地道に働いていて、東京駅をゆするような男には見えません」

「ダイナマイトのほうはどうだ？」

「各府県の警察本部にも、協力してもらって調べています。目下のところ、東京の近くでは栃木と千葉で、ダイナマイトの盗難が届けられています。本数は合計五十本で、いずれも、犯人は見つかっていません。同時に信管も盗まれたそうです」

「五十本もかい」

十津川は、憮然《ぶぜん》とした顔になった。

電話を切って椅子に戻った。少しは捜査が進展したのだろうか？

犯人には前科がないことが、わかっただけではないのか。

9

特急「踊り子13号」は、大船《おおふな》を出た。

一三時一〇分。

午後二時をタイムリミットとすれば、あと五十分しかない。

いや、犯人は東京駅長のところにかけてきて、午後二時までに一億円が手に入れば、爆破はやめる。手に入らなければ、東京駅のどこかで、爆発させるといっているのだ。

主犯が、どこにいて、共犯者が、どうやって連絡するのかわからないが、犯人が一億円を手に入れるのは、二時前でなければならない。だから、あと五十分はないのだ。

平塚に近づいたとき、さっきの男が立ち上がった。

通路に出て、ちらりとボストンバッグに眼をやった。

（また、車掌のところに持って行く気なのか？）

亀井は、はらはらしていたが、男は軽く首をひねっただけで、後方のトイレに歩いて行った。

「ふうッ」

と、亀井は、小さく溜息をついた。

一時二十分を過ぎた。

間もなく列車は、平塚に停車する。

（犯人は、いつ現われるんだ？）

亀井は焦燥にかられた。少し遅すぎるのではないか。

列車は平塚駅に滑りこんだ。いぜんとして、犯人が現われて、ボストンバッグを持ち去る気配はない。

平塚駅発車。一三時二三分。

「なかなか現われませんね」

田中助役が、小声でいった。

「そうですね」

「次の小田原《おだわら》ですかね？　湯河原《ゆがわら》は一三時五一分で、午後二時まで九分間しか余裕がありません」

「おかしい」

突然、亀井が呟いた。

「どうなさったんです？」

「さっきの男が、まだ戻って来ない」

「トイレへ行ったんでしょう」

「いや、トイレでは長過ぎますよ」

「しかし、一億円入りのボストンバッグはちゃんとあそこにありますからね。あの男は、何も持って行きませんでしたよ」

「それは、そうですが」

亀井は、急に立ち上がって、車両のうしろにあるトイレに突進した。

トイレはドアが少し開いている。手をかけて押し開けたが、中には誰もいなかった。

さっきの男が消えてしまったのだ。

この「踊り子13号」には食堂車はついていない。だから、食事に行ったということも、考えられないのだ。

（しかし、ボストンバッグは持って行かなかった——）

平塚で降りる乗客だったのだろうか？

東京から平塚へ来るのに、わざわざ「踊り子」に乗るだろうか？

亀井は車内に戻った。

「どうでした？」

と、田中助役がきいた。

「あの男が消えてしまったんだ」

「何か用があって、途中下車をしたんじゃありませんか」

「そうですか」

一応、肯いたものの、亀井は、何となくすっきりしなかった。

そんな亀井の疑惑におかまいなしに、列車は爽快に走り続ける。

白とグリーンのツートンの車両が、春の海岸線を疾走《しっそう》する。

十四分で小田原に着いた。

「遅いな」

と、また亀井がいった。

もうそろそろタイムリミットで、犯人が現われなければいけないのだ。

次の湯河原は一三時五一分だからだ。

列車は停車した。

「小田原」の駅名標示板が窓から見える。

急に、乗務員室のほうで大きな声がした。

亀井がのぞいてみると、最後尾の車両にいた車掌が、ドアをノックしている。

「どうしたんです？」

亀井がきくと、

「ここの鈴木車掌と、連絡がとれないんです。何かあったのかと思って、来てみたんですが」

という返事が、返ってきた。

不吉な予感が、亀井を襲った。

亀井は、車掌と一緒にドアを引き開けた。

「あッ」

と、車掌が声をあげた。

狭い乗務員室の椅子の向こうに、中年の男が背中を丸めるようにして倒れていた。

その身体に、車掌の制服が投げかけてあった。

「おい、鈴木君！　どうしたんだ？」

車掌が、声をかけた。

亀井の顔色が変わった。

(さっきの車掌じゃない！)

と、思った。倒れている男は、違う顔だった。

亀井は、座席に引き返した。

「どうしたんですか？」

田中助役がきいた。が、亀井はそれには返事をせずに、ボストンバッグに向かって突進した。

（ひょっとすると——）

ふるえる手で、チャックを開けた。

「畜生！」

思わず、大声で叫んでいた。

そこに詰まっているはずの一億円が見事に消えて、代わりに古雑誌が詰まっているのだ。

（やりやがった！）

と、思い、またドアに向かって走った。

亀井は、ホームに飛び降りると、近くにいた駅員に、警察手帳を見せた。

「公安官を呼んで下さい！」

と、大声でいった。

田中助役も、ホームに降りてきた。

「あの車掌は、どうしたんですか？」

「やられましたよ。犯人は二人いたんだ。一人が車掌を気絶させて、服を着換え、ずっと車掌になりすましていたんだ。そして、もう一人の４Ｄの男がボストンバッグを持って行って、乗務員室に届けた。届けたと思わせたんです」

「車掌が返すとき、すりかえたんですね！」

「そうです。犯人が、わざわざルイ・ヴィトンのボストンバッグ、それも、大きさまで指定したのは、すりかえるためだったんですよ」

「すると、一億円入りのボストンバッグは？」

「4Dの男が、トイレへ行くふりをして、ニセ車掌から受け取って、平塚で降りたんです。ニセ車掌に化けていたもう一人も、もう一度着替えて、平塚で降りたんだと思いますね」

「どうします？」

「とにかく、東京駅へ連絡します。公安官が来たら、あなたから事情を説明しておいて下さい」

亀井はホームを走り、電話に辿《たど》りついてダイヤルを回した。

木暮助役が出た。すぐ、十津川に代わった。

「見事にやられました。申し訳ありません」

亀井がいうと、十津川は、意外に冷静に、

「もともと犯人に渡してもいいという考えが、五〇パーセントはあったんだから、そう恐縮することはないさ。カメさんを出し抜くんだから、相手も相当なものさ」

「油断でした。これから、どうします？」

「車内の事件は、そちらの公安官と県警に委《まか》せて、すぐ戻って来てくれ。犯人が、一億円を手に入れたことで、満足して東京駅の爆破をやめてくれればいいが、そうでないときには、これから忙しくなるからね」

「わかりました。すぐ戻ります」

と、亀井はいった。

ホームには、気絶している車掌が降ろされ、かわりの車掌が乗りこんで、「踊り子13号」は九分遅れて発車した。

神奈川県警の刑事も、駈けつけてきた。

説明は田中助役に委せて、亀井は東京駅に引き返すことにした。

だが、あと十四分で、午後二時である。新幹線の「こだま」を利用して戻るにしても、二時までにはとうてい帰れない。

犯人が予告どおり、午後二時に、東京駅のどこかでダイナマイトを爆発させるとしたら、亀井が着く前にやられているだろう。

亀井は新幹線ホームに走った。が、次の東京行きは一四時一二分発である。

亀井は、ホームの椅子に腰を下ろして、溜息をついた。

（犯人は、どう出て来るのだろうか？）

第三章　午後二時へ

1

日下はまだ、山本麻子と、中野の「渡辺美術」店にいた。

金庫の開け方は、おそらく主人の渡辺と麻子の二人しか知らないということだし、店の鍵もかかっていたから、泥棒が入ったとは考えられなかった。

「渡辺さん自身が、問題の古文書を持って行ったということになりますね？」

と、日下は、麻子にいった。

「ええ。私も、そう思いますわ」

「しかし、宮崎へは、何かを買いに行ったんでしょう？」

「と思いますけど……」

「それなのに、大事な古文書を持参したというのは、奇妙ですね。しかも、殺されたとき、手に持っていなかった」

「ええ。私も、おかしいと思いますわ」

「多分、渡辺さんを殺した犯人が、持ち去ったんだと思いますが――」

その犯人の見当がつかない。

京都から、激しい怒りの手紙を送って来た「古稀店」の主人が、犯人だろうか？

日下は、店の電話を借り、捜査一課長の本多《ほんだ》に連絡をとった。

「京都府警に、古稀店という店の人間を調べさせてほしいんです」

と、日下はいった。

「その主人が、渡辺という美術商を殺したと思うのかね？」

「可能性があります」

「わかった。京都府警へ連絡しておこう」

「東京駅のほうは、どうなっていますか？」

心配で、日下はきいた。

「要求された金は、犯人に渡ったと思われる。問題は、午後二時に、犯人がどう出てくるかだよ。まもなくカナダ首相夫妻が、帝国ホテルを出発して東京駅に向かうからね」

「何も起きないといいんですが」

といって、日下は電話を切った。が、すぐ待っていたように、電話が鳴った。

日下は反射的に、受話器を取った。

「そちら、渡辺美術ですか？」

と、女の声がいった。

麻子が、かわりましょうかという顔で見ている。

日下は、麻子に受話器を渡し、聞き耳を立てた。

「はい、渡辺美術でございます」

と、麻子がいった。

「こちら新幹線からです。どうぞ、お話し下さい」

若い女の声がいった。

「もしもし、渡辺さんですか？」

中年の男の声にかわった。

「渡辺美術でございますが、渡辺は、今、おりません。私は、秘書の山本でございます」

と、麻子は、はっきりした声でいった。

「ああ、山本さんですか。あなたのことは、渡辺さんから、よく聞いております。なかなか美人だといって。ああ、私は宮崎の伊知地です。今度、渡辺さんにわざわざおいで願った――」

「はい。社長から、お名前はお聞きしています」

「そうですか。実は、渡辺さんが帰られたあと、電話がかかってきましてね。男の声で、渡辺美術の者だが、社長は間違いなく、ブルートレインの『富士』に乗りましたかというんですよ。それで間違いなく、個室寝台の7号室の切符を買って乗られたと答えたんです。宮崎駅へ見送りに行ったから、間違いありませんともね。ところが、あとになって、渡辺さんは、一人で仕事をしていらっしゃるということを思い出しましてね。女の秘書の方が一人いるだけということもです。それで、急に心配になりました。もう一度、渡辺さんにお会いして、お願いしたいこともありましてね。飛行機で東京へと思ったんですが、土曜日で切符がとれませんで」

「それで、新幹線で？」

「はい、渡辺さんも、もうお着きになったと思いますが？」

「ちょっと、かわって下さい」

と、日下は、麻子から受話器を取って、

「私は警視庁捜査一課の日下といいます」

「警察？　じゃあ、渡辺さんに何かあったんですか？」

男の声が、さすがに甲高くなった。

「亡くなりました。ブルートレイン『富士』の車内で、殺されたんです」

「殺されてですか？　どうも、何といったらいいのか――」

「宮崎の伊知地さんでしたね？」

「はい、そうです」

「東京には、何時に着くんですか？」

「もうじき名古屋です。さっき、車掌にきいたところでは、東京に一五時五六分に着くということでした。着いたら、すぐそちらへ行きたいんですが」

「渡辺さんに用があるといわれましたが、どういうことですか？」

「刑事さんは、ご存じかどうかわかりませんが、渡辺さんは、大変な古文書を手に入れておられましてね」

「定家の新百人一首ですか？」

「ご存じでしたか」

「ええ。知っています」

「あれを、無理に持って来ていただいて、拝見したんですが、どうしても、もう一度見たくなりましてね。まさか、それが盗まれたというわけじゃないでしょうね？」

伊知地が、大きな声できく。

日下は、それには答えずに、

「あなたのところにかかってきたという、妙な電話のことですが、いつ頃かかってきたんですか？」

「私が、宮崎駅に渡辺さんを送って、用事をすませて戻ってきてからだから、昨日の午後ですよ。夕方近かったと思いますね。午後五時頃じゃなかったかな」

「どこからかけているのか、わかりませんでしたか？」

「わかりませんね」

「男の声だといいましたね？」

「ええ」

「若い男の声でしたか？　それとも、年齢《とし》をとった男の声ですか？」

「中年の感じでしたが、正直にいって、わかりません」

「なぜ、あなたのところに、渡辺さんがいると知っていたんでしょうね？」

「さあ、わかりませんね。まあ、渡辺さんはこの世界では有名人ですから、行動を知っていても、おかしくはありませんよ」

と、伊知地はいってから、

「もう百円玉がなくなりましたよ。とにかく、東京駅に着いたら、そちらに連絡します」

それで、新幹線からの電話は切れた。

2

東京駅の「梅の間」では、北島駅長が時計を見て、立ち上がった。

「そろそろ、カナダ首相夫妻を迎えに行かなければなりません」

と、北島は、十津川にいった。

午後二時五分前。

カナダ首相夫妻は、すでに帝国ホテルを出発している。

「犯人からは、何もいってきませんな」

公安室長の三沢が、腕時計を見た。

「犯人は、一億円を手に入れたんですから、満足していると思いますよ」

といったのは、木暮首席助役だった。

「私は、十津川さんには悪いが、一億円が犯人に渡って、むしろ、ほっとしているんですよ。これで、午後二時に、東京駅でダイナマイトを爆発させるようなことは、しないと思いますからね」

北島駅長は、そういうと、白手袋をはめ、木暮首席助役を促して部屋を出た。丸の内中央口にある貴賓室入口に、カナダ首相夫妻の出迎えに行くのである。

「梅の間」には、十津川と三沢の二人が残された。

「十津川さんは、犯人が満足して、もう何もしないと思われますか？」

三沢がきいた。

「多分、そうでしょう。一億円の大金が手に入ったのに、わざわざ、東京駅でダイナマイトを爆発はさせないでしょう。爆破で人が死ねば、殺人罪になりますからね。それでは、割りが合わんでしょう」

「しかし、犯人は、コインロッカーのダイナマイトのように、朝のうちに、すでに、どこかに仕掛けてあるということも、考えられるでしょう？　午後二時にセットして」

「その可能性もゼロじゃありませんが、犯人が、東京駅に対して、個人的な憎しみを持っているのでなければ、望みのものを手に入れたのに、危険を冒すとは思えませんね」

「それでは、十津川さんも、一億円の金を渡したことは、よかったと思われますか？」

「それは断じて、ノーです」

「しかし、まもなく二時ですよ。東京駅のどこかで、ダイナマイトが爆発して、犠牲者が出たほうがよかったというんですか？」

「そうはいっていません。確かに、一億円が犯人の手に渡ったのは、一時的にはよかったでしょう。しかし、犯人は味をしめて、また、同じ要求を突きつけてくるに違いありません。それだけじゃない。この事件が明るみに出れば、真似をする者が続出しますよ。東京駅を脅せば、一億円も出るということになりますからね」

「それは理屈でしょう。駅長の立場に立ったら、人命を賭けて冒険はできませんよ。十津川さんだって、この東京駅で、どこかに爆弾を仕掛けられたら、防ぎようがないといわれたじゃありませんか？」

三沢は、非難するようないい方をした。

彼の気持ちが、十津川に、わからないわけではなかった。

三沢は公安室長として、この東京駅の安全に責任を負っている。わずか百七十一人である。強気に出るには、あまりにも小人数なのだ。

しかし、脅迫者に対して屈服してはならないと、十津川は思う。一度、屈服すると、あとは際限がなくなってしまうからである。

もちろん、十津川の胸の中にだって、葛藤《かっとう》はある。

人命は、何よりも尊重しなければならない。もし、それだけを考えればいいのなら、脅迫者に屈服すればいいのだ。楽でいいし、悩むこともない。

しかし、それなら警察は必要なくなってしまうだろう。かわりに、札束を用意しておいて、脅迫する人間にばらまけばいいのだ。

警察は、脅迫者に屈することはできない。なぜなら、戦うことが警察の仕事だからである。

だから、こんな事件では、いつも葛藤を強《し》いられることになる。

「二時になりましたよ」

と、三沢がいった。

「わかっています」

十津川は、自然に耳をすます気持ちになっていた。

もちろん、ここにいて、東京駅のすべての場所の爆発音が聞こえるわけではないが、やはり気になったのだ。

壁時計の長い秒針が、十秒、二十秒と、時間をきざんでいく。

一分が過ぎた。

三沢は電話で、公安室に連絡をとった。

「どうだ？　どこにも事件は起きてないか？」

「今のところ、どこにも爆発は起きていません」

「そうか。引き続き警戒してくれ」

三沢が電話を切ったとき、カナダ首相夫妻が、北島駅長に案内されて、駅長室に入って来た。

3

特にカナダ首相の希望で、駅長室をということになったらしい。

首相は、まだ四十代の若さで、長身、なかなかハンサムである。二度目の結婚という相手は、元モデルというだけに、すらりとした美人だった。

従って夫妻の周辺には、厳しい雰囲気よりも、華やかな空気が漂っている。

外務省から、北米担当者が同行していて、案内にあたっているが、北島も、ときどき英語で、夫妻に国鉄のことを説明している。

十津川は、ここでは部外者だし、事件がなければ、必要のない人間である。それに警察の人間として、北島が、カナダ首相夫妻に紹介することもないだろう。

十津川は、廊下に出た。

カナダ首相夫妻が、「ひかり155号」で出発し次第、一億円を奪い取った犯人の逮捕に、全力をあげなければならない。

まもなく、亀井や田中助役も、東京駅に引き返してくるだろうから、犯人について、少しは手がかりらしきものが、つかめるかもしれない。

午後二時十五分になって、カナダ首相夫妻は、北島駅長と木暮首席助役の案内で、赤い絨毯の敷かれた貴賓用特別通路を通り、新幹線ホームへ向かった。

いぜんとして、何事も起きない。

十津川も、三沢と二人、ホームの少し離れた場所に立って、一行の出発を見送った。

夫妻は、テレビカメラの前で、窓から、にこやかに手を振っている。

夫妻には、爆弾騒ぎのことは知らされていない。

一四時二四分。

定刻に、「ひかり155号」は、ゆっくりと発車した。

「無事に出発しましたね」

三沢は、ほっとした顔でいった。

十津川は、黙っていた。

カナダ首相夫妻を乗せた列車は、すぐに視界から消えた。

十津川には、これから始めなければならないことが、待っている。一億円の奪回と犯人の逮捕である。

もし、これに失敗すれば、警察と国鉄当局は、批判の的になるだろう。カナダ首相夫妻の安全のために、一億円は支払わなければならなかったと、北島駅長が説明しても、渡したことを非難されるだろう。

北島駅長と木暮首席助役が、何か言葉を交わしながら、ホームを歩いて来た。

二人は、十津川を見ると、

「これからあとは、警部さんたちに、やってもらわなければなりませんな」

と、北島がいい、十津川が肯くと、

「駅長室は、自由に使って下さい。一億円を取り返すのに必要なら、どんな協力も惜しみませんよ」

と、付け加えた。

「絶対に犯人を逮捕して、一億円は取り返してみせます」

十津川が、自分にいい聞かせる調子でいったとき、内勤助役の望月《もちづき》が、真っ青な顔で、階段を駈け上がってきた。

助役五十六人の中で、いちばん若い望月は、内勤助役として、駅長秘書のような仕事をしている。

「駅長！」

と、望月は、息をはずませて叫んだ。

「どうしたんだ？」

北島は、眉をひそめてきいた。

望月の声が大きかったので、ホームにいた乗客の何人かが振り向いている。

望月も、それを感じたとみえて、急に声を小さくして、

「駅長室に電話がありました。一億円を要求した犯人だと名乗りました」

「何だといってるんだ？」

「一億円が届いていない。午後三時までに改めて一億円を用意しろ。さもないと、東京駅を爆破するといっています」

「そんな理不尽《りふじん》な。一億円は渡したはずだ」

「私も、そういおうとしたのですが、相手は、勝手に電話を切ってしまいました」

「どういう犯人なんだ」

北島が、歯がみをした。

十津川が、二人の会話を耳に挟《はさ》んで、

「その電話は、テープにとってありますね？」

と、望月にきいた。

「テープレコーダーは接続されていました」

「戻って、聞いてみましょう」

十津川は、北島にいった。

4

十津川たちは、駅長室に戻った。

どの顔にも、当惑の色が浮かんでいる。

十津川は、電話に接続されているテープレコーダーを再生してみることにした。

まず、「こちら、駅長室です」という望月の声が聞こえた。

「駅長を呼べ」

「どちら様ですか？」

「いいから、駅長を呼べ！」

「今、駅長は、新幹線ホームで、カナダ首相夫妻を見送っているところです」

「そうか。その時間か。おれは山田太郎だ」

「山田太郎？」

「君の名前は？」

「内勤助役の望月です」

「さっきの電話のときには、いなかったんだな？」

「さっきの電話のとき、といいますと？」

「おれが、一億円を要求したときだ」

「東京駅を爆破するという——？」

「そうだ。よく聞いて、駅長に伝えるんだ。爆破されたくなかったら、もう一度、一億円を用意するんだ。今度は、つまらない真似をするなよ。へたなことをしたら、死人が出ることになるぞ。三時になったら、また電話する。それまでに、必ず一億円を用意しておくんだ」

「もし、もし――」

そこで電話は切れてしまっていて、あとはノイズだけが聞こえている。

十津川はテープを止めた。

「どうなってるんだ？」

北島は、険しい眼つきで望月を見た。が、望月にしても、返事のしようがないだろう。

北島は、眼を十津川に向けた。

「どう思われます？」

「私にもわかりません。亀井刑事の報告では、まんまと一億円を奪われてしまったはずです。従って、犯人が欲を出し、もう一億円要求してきたのか、それとも、犯人たちが仲間割れして、一億円入りのボストンバッグを持った男が、共犯者を裏切って逃げてしまったのか、のいずれかだと思いますね。今の声は、午前中に脅迫してきた男と同じものだったでしょう？」

「間違いなく、同一人の声ですよ」

と、北島はいった。

「今度は、この要求は拒否されるでしょうね？」

十津川は、じっと北島を見つめてきいた。

あくまでも主導権は東京駅側にあるからだ。サジェッションはできても、こちらの考えを押しつけることはできない。

「もちろん、二度も要求を呑むような真似はできません」

と、北島は、硬い表情でいった。

「それを聞いて、安心しましたよ」

「奪われた一億円も取り返したいと思っているんです。私は駅長として、乗客の安全を考えるのは当然ですが、国鉄の財産を守る義務もありますからね」

「一億円は、必ず取り返します」

「それにしても、犯人は図に乗っていますな」

三沢は、腹立たしげにいった。

「同感ですが、考えようによっては、向こうから、もう一度、接触しようとしてきたわけですから、犯人を逮捕するチャンスを与えられたことになります」

「しかし、犯人をおびき寄せるためには、エサが必要じゃありませんか？」

「そのとおりです。こうした事件では、犯人と接触するチャンスは、金の受け渡しのときしかありませんから」

「すると、もう一度、一億円を作って、それをエサにするわけですか？　そんなことをして、また奪い取られてしまったら、盗人に追い銭になってしまいますよ」

「いや、エサは、何でもいいと思っています。古雑誌でもです。ただし、犯人に本物の一億円と信じさせるように、芝居をしていただく必要がありますが」

「失敗したら、犯人は怒りにまかせて、本気で、東京駅を爆破しますよ」

「それは覚悟しています。だから、絶対に、その前に逮捕してみせますよ」

十津川は、三沢に答えるというより、自分にいい聞かせる気持ちだった。

北島駅長を始め、首席助役の木暮などとも、改めて話し合って、二つのことが確認された。

午後三時に、犯人から再び電話があったときに、一億円は用意したと回答する。

犯人の指示に従って行動し、古雑誌をエサにして逮捕に全力を尽くす。

この二点の確認だった。

5

本多捜査一課長のもとに、京都府警から「古稀店」店主に関する回答が、もたらされた。

京都市内で、古書店や美術店の多い京極通りに「古稀店」はある。

「古稀店」は古美術店で、現在の店主は、四十三歳の若宮研一郎《わかみやけんいちろう》。妻は、三歳年上の今日子《きょうこ》だが、二人の間に子供はない。亡くなった父親のあとを継いで古美術商になったが、まだ、この世界では新人の感じがぬぐえない。

午後二時五分現在、若宮は留守で、妻の今日子は、仕事のことで出かけたというだけで、行き先は不明である。

聞き込みによれば、若宮は、今朝から姿を見せていないという。その点を再度、妻の今日子に質問すると、実は、前日の午後七時に夕食をとったあと、仕事で出かけるといって家を出たまま、まだ帰宅していないということだった。行き先は妻にいわずに、出かけた模様である。

若宮の顔写真も電送されて来た。

本多は、日下刑事から電話があったとき、それを伝えた。

「若宮の写真は、どうするね？」

「これから取りに行きます」

と、日下はいい、三十分後に警視庁へ戻って来た。

日下は写真を見て、「なるほど」といった。

本多は、変な顔をして、

「何が、なるほどなんだ？」

「古美術商らしく、気難しい顔をしていると思ったんです。こういう男と友だちになりたくはありませんね。真面目な堅物《かたぶつ》という感じですよ」

「君は、この若宮という男が、渡辺をブルートレインの中で殺して、例の古文書を奪い取ったと思うのかね？」

「今のところ、容疑者ナンバーワンです。彼の手紙を見ると動機は十分ですし、アリバイもないようですから」

「昨日の夕食のあと外出して、今日になっても帰宅していないというんだから、アリバイはないね」

「上りのブルートレイン『富士』に乗りこんで、渡辺を殺した可能性がありますか」

「『富士』は、京都に停まらないから、京都から乗りこむことはできない。それに、この列車が京都を通過するのは、夜中の午前三時十四分頃だそうだ」

「すると、もっと先から乗りこんだことになりますね？」

「そうだと思うね、ここに、上りの『富士』の時刻表がある」

本多は、時刻表から引き写した紙片を、日下に示した。

上り特急「富士」時刻表

宮崎	発	12：24
日向市	〃	13：29
延岡	〃	13：51
佐伯	〃	14：56
大分	〃	16：15
別府	〃	16：27
宇佐	〃	17：10
中津	〃	17：36
小倉	〃	18：22
門司	〃	18：34
下関	〃	18：49
宇部	〃	19：27
防府	〃	20：02
下松	〃	20：32
柳井	〃	20：56
広島	〃	22：01
福山	〃	23：39
岡山	〃	0：23
名古屋	〃	5：10
浜松	〃	6：29
富士	〃	7：56
沼津	〃	8：14
熱海	〃	8：32
横浜	〃	9：35
東京	着	9：58

「若宮は、昨日の午後七時に夕食をとってから、外出している。とすれば、京都駅から乗ることができるのは、午後八時頃だと思う」

「まだ、下りの新幹線は走っていますね？」

「東京発博多行きの最後の『ひかり29号』が京都を出るのは、一九時五三分だ」

本多は、紙片を見ながらいった。

「午後七時に夕食をとったとしても、無理をすれば、この列車に乗れますね」

「乗れる。しかし広島まで行ったのでは、間に合わないんだ。『ひかり29号』の広島着が二二時六分なのに、上りの『富士』は二一時一分に、広島を出発してしまうからね。『ひかり29号』は、岡山なら二一時一〇分着、『富士』は零時二三分に岡山を出るから、ゆうゆう間に合う。もっとも、岡山で乗るのなら、『ひかり29号』のあとの新幹線でも間に合うんだ。京都発が二〇時一七分の『ひかり163号』でも、二〇時四一分発の『ひかり145号』でもいいんだ。二一時五三分に京都を出る岡山行きの『ひかり167号』でも、岡山着は二三時二八分だから、〇時二三分発の『富士』には、ゆっくり乗りこむことができるよ」

「それでは、岡山から乗りこんで、渡辺を殺害したということですね？」

「それ以外、彼は、乗る場所がないんだ。今もいったように、『富士』は、京都には停まらないし、大阪には停車するが、いわゆる運転停車で、乗務員の交代などを行なうが、乗客の乗り降りはできない。とすれば、京都の若宮が犯人なら、岡山まで戻って乗りこむか、あるいは、名古屋から東京までの間に乗るしかないんだ」

「課長は、岡山から乗ったと思われますか？」

「名古屋を『富士』が出るのは、五時一〇分だ。前日に名古屋へ行き、一泊して乗らなければならない。それに、五時一〇分というのは、朝、早すぎるよ。目立つし、起きられなかったらという不安も起きてくる。渡辺を殺して、国宝級の古文書を奪うつもりなら、そんな時間は選ばないと思う。従って私は、もし若宮が犯人なら、新幹線で岡山まで行き、そこから乗ったというほうに賭けるね。国鉄に問い合わせたところ、今日の上り『富士』は、個室寝台は満席だったが、他の車両のB寝台は六〇パーセントほどの乗客だったといっている。岡山からでも、楽に切符はとれたと思う」

「宮崎で渡辺に会ったという美術商は、昨日の午後五時頃、男の声で、渡辺が間違いなく、上りの『富士』に乗ったかどうか、電話できいてきたといっています」

「それで、教えたのか？」

「渡辺美術で働いている者だというので、つい個室寝台の7号室ということまで教えてしまったそうです」

「その電話が京都の若宮からだったとすれば、筋が通るな。夕方、電話で確かめてから、若宮は新幹線で岡山へ行き、上りの『富士』に乗りこんだことになる。そして、名古屋までの間に殺しておいて、名古屋から東京までの間に降りたんだと思うね。名古屋を過ぎると、こきざみに停車するからね」

「私も、そう思います。ところで、東京駅爆破のほうは、どうなりましたか？　カナダ首相夫妻は、無事に出発したようですか？」

「ああ、無事に出発して、京都に向かったよ。だが、犯人がまた、一億円を要求してきたといっている」

「しかし、一億円は渡したわけでしょう？」

「犯人が欲を出したのか、それとも、仲間割れかわからないが、十津川警部は、これで、犯人逮捕のチャンスが生まれたといって喜んでいるよ」

「警部らしいですね」

と、日下はいった。

6

東京駅の7番線に、オレンジとグリーンのツートン・カラーに塗られた十一両編成の湘南《しょうなん》電車が入って来た。

伊東発の普通電車である。

一四時三九分。定刻どおりに到着した。

明日の日曜日になれば、伊東方面から帰って来る客で混むのだろうが、今日は、まだ空いている。

乗客が全員降りてしまうと、ドアが閉められ、車内の清掃が始まった。

列車内の清掃は、国鉄と契約している会社があたっている。

湘南電車には、グリーン車が二両、連結されている。

清掃会社の人間がグリーン車に入って、床を掃き、空缶や紙屑を、大きなポリ袋に集めていく。

中ほどまで来て、座席に横になって寝ている乗客を発見した。

背広姿の若い男である。

「しようがないな」

と、ゴミ集めをしていた清掃員の八木《やぎ》は、舌打ちしてから、

「もし、もし」

と、男の肩に手をかけて、ゆすった。

酔い潰れているのか、その男は、いっこうに起きる気配がなかった。

「終点ですよ。起きて下さい！」

八木は、今度は乱暴に男の身体をゆすった。

その勢いで、男の身体が床に転げ落ちた。眼をむいた男の顔が上になった。眼が見開いたまま、凍りついたように動かない。

(死んでる!)

と、思ったとたん、八木の身体は、がたがた震え出した。

通りがかった女の清掃員が、「わあっ」と派手な悲鳴をあげた。

八木は、どうしていいかわからず、ホームに飛び出し、駅員に向かって、

「お客が死んでるよ!」

と、怒鳴った。

駅員が、半信半疑の顔で、乗りこんで来た。

「本当に死んでるのか?」

と、八木にききながら、グリーン車に入って、その駅員も、顔色を変えてしまった。

すぐ、公安官が呼ばれた。

二人の公安官が、男の脈を診《み》、心臓の鼓動を確かめた。

「死んでいるよ」

と、公安官の一人がいった。

「心臓発作かな？」

「わからんな。毒物死かもしれん」

二人の公安官は、男のポケットを探った。

身元を確認できるものを見つけるためである。

背広の内側にネームはない。七万円ばかり入った財布、小銭入れ、セブンスター、百円ライターなどが見つかったが、運転免許証や名刺といったものは、出て来なかった。

いつも持っていないのか、それとも、意識して身につけていないのか。

「とにかく、ホームへ降ろそう」

公安官の一人がいい、毛布で男の死体を包んだ。

担架が呼ばれて、その上にのせられた。

とりあえず、霊安室へ運ぶことになった。

7

一四時五二分。

亀井の乗った「こだま238号」が、東京駅に着いた。

14番線に着き、ドアが開くと、亀井は飛び降りた。

駅長室に向かって駈けた。

むざむざ一億円を奪われたのは、自分の責任だという自責の念が、亀井の顔を硬くこわばったものにさせていた。

駅長室に入り、十津川や北島駅長の顔を見るなり、

「申し訳ありませんでした」

と、頭を下げた。

「気にしないで下さい。私としては最初から、一億円は犯人に渡してもいいと思っていたんです」

北島が、なぐさめるようにいった。

「カメさんを欺《だま》したんだから、相手も相当なものだよ」

十津川は微笑して、亀井にいった。

「一生の不覚です。まさか、車掌が入れかわっているとは、思いませんでした。制服には弱いんです」

と、亀井は、頭をかいた。

亀井は、改めて事情を説明した。

「私の見たかぎりでは、犯人は二人です。車掌になりすました男と、ボストンバッグを持って、列車を降りた若い男の二人です。他にも仲間がいるかもしれませんが」

「若い男の顔は、覚えているかね？」

「私と田中助役が見ています」

「それなら、あとでモンタージュを作ってもらおうか」

「途中で聞いたんですが、犯人はまた、一億円を要求してきたそうですね？」

「そうなんだ。それで、君の作ってくれるモンタージュが重要になってくるはずだよ」

十津川がいったとき、電話していた三沢公安室長が、十津川と亀井の傍《そば》へやって来た。

「参りましたよ。また列車の中に死体です」

三沢は、小さく肩をすくめた。

「東京駅に着いた列車の中に、死体があったわけですか？」

十津川がきく。

「そうです。五、六分前に着いた湘南電車のグリーン車内で、若い男が死んでいたそうです。どうやら、毒を飲んで死んだらしい。列車の中を自殺に使われては困りますよ」

「ちょっと待って下さい」

亀井が、急に眼を光らせて、口を挟んだ。

「何ですか？」

と、三沢がきく。

「その湘南電車は、どこ始発ですか？」

「伊東といっていましたね」

「とすると、熱海を通って東京へ来たわけですね？」

「そう思いますよ」

「急行ですか？」

「いや、普通電車だと思いますが、それが、どうかしたんですか？」

「時刻表を見せてくれませんか」

と、亀井は切りこんでいった。

三沢が、駅長室の棚から時刻表を取り出してくれた。

「どうしたんだ？　カメさん」

十津川がきいた。

「ルイ・ヴィトンのバッグに入った一億円を持って逃げた犯人は若い男で、平塚で降りたと思われます。私は、てっきり平塚から車で逃走したと思い、手配を県警に頼んだんですが、相手は裏をかいて、平塚から東京へ、列車で逆戻りしたかもしれないと、ふと思ったんです」

「湘南電車で？」

「そうです」

亀井は、時刻表の東海道本線のページを広げ、下りと上りのところを見ていた。

「犯人が指定した『踊り子13号』は、平塚に一三時二三分に着きます。犯人は、ここで一億円を持って降りたと思います。その犯人が車で逃げたと思わせておいて、また東京に戻ったとすると、一三時三三分発の湘南電車がいちばん早いんです」

「公安室長のいった電車だね？」

「と思います。ちょっと見て来ます」

「私も行こう」

8

十津川と亀井は、遺体が運ばれた霊安室に急いだ。

今日、霊安室に行くのは、これで二度目である。

新しい遺体も、寝台特急「富士」で見つかった渡辺と同じように、木製の安置台の上に横たえられていた。

亀井が、遺体にかぶせてあった白布をとった。

「どうだ？」

と、十津川がきいた。

亀井は、小さく息をしてから、

「やっぱりでした。この男です」

「そうか」

「すぐ、問題の湘南電車を調べてみましょう」

「まあ、無駄だとは思うがね」

十津川は、首を振った。

それでも二人は、湘南電車の発着する7番線のホームに上がっていった。

問題の電車は「回送」のマークをつけて、まだ7番線に停車していた。

十津川と亀井は、車掌に断わって、二両並んでいるグリーン車に入れてもらった。

通路を走るようにして、網棚や座席を見ていったが、ルイ・ヴィトンのボストンバッグどころか、紙装もなかった。

「何を探していらっしゃるんですか？」

と、車掌がきいた。

「あなたは、この電車に乗ってきたんですか？」

亀井が、きき返した。

「ええ。熱海から乗務してきましたが？」

「グリーン車内で、若い男の変死体が発見されたんですね？」

「そうですが、発見したのは清掃会社の人間です。私は、驚いて公安官と駈けつけましたが」

「死んだ乗客のことで、何か覚えていることはありませんか？」

「その点なんですが、公安官から亡くなった人の持っていた切符のことを聞きましてね。平塚からの切符で、しかも車内で切った切符だといわれて、思い出したんです。

確かにあのお客さんは、平塚で乗ってきて、私が東京までの切符を切ったんです。東京から伊東までの切符を持っていらっしゃいましてね。急用ができたので、平塚から引き返すんだといわれたんです」

「ルイ・ヴィトンのボストンバッグを持っていたと思うんですが、気がつきませんでしたか？」

「さあ。私が見たときは、もうグリーン車に座っていらっしゃいましたし、網棚の上は見ませんでしたから」

「東京駅では、どうでした？」

「それは見ました。公安官も、荷物がないかどうか調べていましたが、見つかりませんでした」

「連れは、いませんでしたか？」

「切符を切ったときは、お一人でいらっしゃいましたね。グリーン車は空いていましたから」

「あなたから車内で切符を買ったわけですが、その時の様子は、どうでしたか？」

「と、いいますと？」

中年の車掌は、緊張した顔できき返した。

「ニコニコしていたとか、逆に暗い顔をしていたかということですよ。誰かに追われている感じがした、でもいいんですが」

「さあ、特に気づきませんでした」

「平塚から東京までの間、グリーン車には何回ほど行きましたか？」

「二回ほど行ったと思います」

「そのとき、問題の乗客が、どんな様子だったか覚えていませんか？」

「公安官にもいわれまして、考えたんですが、これといったことは覚えていないんです。何か質問でもされていると、覚えているんですが」

車掌は、当惑した顔でいった。

無理もないだろうと、十津川は思った。

最初からマークしている乗客なら、いろいろと覚えているだろうが、ただの乗客の一人では、覚えていろというほうが無理なのだ。

「その乗客が座っていたのは、どこですか？」

と、十津川がきいた。

「それは覚えています」

車掌は二人を、窓際の座席に案内した。

十津川と亀井は、その座席の周辺を、丹念に調べてみたが、何も見つからなかった。

公安官の一人が、車内に入って来た。

「十津川警部。今、この列車の中で回収したジュース缶などを、調べているところです」

「ルイ・ヴィトンのボストンバッグは、ありませんでしたか？」

と、亀井がきいた。

「忘れ物は、何もありませんでした」

公安官がいった。

駅員が来て、

「列車を動かしたいんですが、いいですか？」

と、十津川にきいた。

十津川は肯いて、亀井とホームに降りた。

回送になった湘南電車は、ゆっくりと動き出して行った。

「一億円入りのボストンバッグがなかったということは、あの湘南電車に、もう一人、共犯者が乗っていたということでしょうか？」

亀井が、何となく納得がいかないという表情で、十津川にいった。

「その共犯者が毒殺して、一億円を持ち去ったと考えるわけだね？」

「そう考えるより仕方がないんですが――」

「だが、引っかかるものがあるんだね？　そんな顔をしてるよ。カメさんは」

「そうなんです。『踊り子13号』には、少なくとも、二人の犯人がいたと思います。車掌を気絶させて車掌になりすましていた男と、毒死した男です。この男が一億円入りのルイ・ヴィトンのボストンバッグを持って、平塚で降りたことは間違いありません。問題は、その先です。男は、十分後に来た上りの湘南電車に乗った。もし、彼がそのとき、一億円入りのボストンバッグを持っていたら、網棚なんかにはのせず、しっかりと膝《ひざ》の上に抱えこんでいたと思うんです」

「そうだろうね」

「そんな恰好をしていれば、切符を切った車掌は覚えていたと思います。ルイ・ヴィトンのボストンバッグは、かなり特徴がありますし、大きいですからね。しかし車掌は、まったく覚えていませんでした」

「つまり、死んだ男は一億円入りのボストンバッグを持たずに、湘南電車に乗ったと思うんだね？」

「そう考えるんですが、警部は、どう思われますか？」

「そうだねえ」

と、十津川は考えて、

「君と田中助役は、小田原まで行ってから気がついて、県警に連絡した——」

「はい。駅にも話しました」

「平塚で降りた男の人相も、話したんだろう？」

「もちろんです。それで手配してもらいました」

「犯人のほうも、それは計算していたと思うね。だから平塚で降りると見せて、逆に東京行きの電車に乗ったんだろう。しかし、君のいうように、彼に、ずっと一億円入りのボストンバッグを持たせていたとは思えない。誰か、もう一人共犯者がいて、受け取ったんだろう。その共犯者が、毒死した男と同じ電車に乗っていたかどうかだね」

多分「踊り子13号」には、三人の犯人が乗っていたのだ。

湘南電車で毒死した男が、一億円入りのボストンバッグを持って降りた。そのとき、もう一人も降りたのだろう。そして、その人間が毒を盛って殺したに違いない。

「あの若い男は、最初から殺されることになっていたんじゃないかと思うんです」

と、亀井はいった。

「そうだろうね。だから、毒入りの缶ジュースか何かを、前もって用意しておいたんだろう」

と、十津川もいった。

死んだ男の指紋は、警察庁の前科者カードと照合するように、十津川は頼んだ。

もし彼に前科があれば、身元がわかるだろう。

9

二つのことが同時に判明した。

一つは、問題の湘南電車の車内から回収された空缶の中から、青酸反応のあるものが、見つかったことである。

オレンジジュースの缶だった。

底に残っていたジュースから、青酸反応が出たのである。

缶の表面からは、毒死した男のものと同じ指紋が検出されたことで、このオレンジジュースを飲んで毒死したことは、まず間違いないだろう。

他にも指紋が出たが、それが、犯人のものかどうかはわからなかった。

このオレンジジュースは、車内販売でも売っているものだったから、販売員の指紋かもしれなかった。

もう一つは、毒死した男の指紋が、前科者カードで見つかったことである。

警察庁にあった前科者カードによると、この男の名前は春日敏彦《かすがとしひこ》。二十五歳。傷害、婦女暴行の前科がある。

現住所は、阿佐谷《あさがや》の「双美荘」というアパートになっている。

十津川は、すぐ本多捜査一課長に連絡をとって、春日の住所をあたってもらい、交友関係を調べてもらうことにした。

正確に午後三時に、駅長室の電話が鳴った。

北島駅長が、受話器を取る。

自動的に接続してあるテープレコーダーのスイッチが入って、テープが回り始める。

「駅長さんか？」

という聞き覚えのある男の声が聞こえた。

「ああ、そうだ」

「一億円は用意したか？」

「用意はしたが、その前にききたいことがある。前にわれわれは、君の要求に応じて、一億円をルイ・ヴィトンのボストンバッグに入れて、『踊り子13号』の指定された座席に置いたんだ。君たちは、それを持って行ったはずだ」

「いや、おれの手元には、一億円どころか、一円も入ってきていないぞ」

「それなら、君の相棒が持ち逃げしたんじゃないか？」

「そんなはずはない。そっちが、おれたちを欺したんだ。おれの相棒は、電話してきて、ボストンバッグの中身は古雑誌だったといったんだ。信頼できる相棒だ。そっちがおれたちを欺したんだ」

「われわれは、約束を守った」

「いい加減なことをいうな。とにかく、おれたちはもう一度、一億円を要求する。もし拒否するなら、今度こそ間違いなく、東京駅でダイナマイトを爆発させてやるぞ。東京駅のあちこちで爆発が起きて、何人もの人間が死ぬことになるんだ。そうなったら、責任は、駅長のあんたと幹部連中にある」

「わかった。君の要求は理不尽だが、乗客の生命にはかえられん。用意した一億円を渡そう。どうすればいい?」

「まさか一億円をエサにして、おれたちを警察に捕まえさせようというんじゃあるまいね?」

男は、急に用心深くなった。

北島は、一瞬、はっとしながら、

「私が、今、第一に考えているのは、君を捕まえることよりも、乗客の安全ということだ。だから、もう一度だけ一億円を支払うが、これに味をしめて、さらに要求してくれば、そのときは警察に通報する」

「今だって、警察に知らせているんじゃないのか。東京駅に、顔見知りの刑事がいたぞ」

「あれは、君たちとは関係ない。東京駅に到着したブルートレイン『富士』の乗客が殺されていたから、警察がやって来たんだ。それに、さっきまた、湘南電車で乗客が死んでいた——」

「いったん切る」

「何だって?」

「逆探知されては困るからな。十分後に電話する」

男は、一方的に電話を切った。

亀井が、電話局に問い合わせる。

「神田駅近くの公衆電話ボックスから、かかっています」

という返事が戻って来た。

すぐ、パトカーに急行してもらうことにした。

もちろん犯人は、もう立ち去ってしまったろうが、誰か、電話している男を見ているかもしれない。

十分後に、また電話がかかった。

同じ男の声だった。

「丸の内側のロッカー。ナンバーは一九八六。マスターキーで開けて、中を見ろ」

「何だって？」

「見れば、わかる」

「もう一度、いってくれないか。どちらのロッカーだ？　丸の内側かな？　それとも八重洲口か？　どっちのロッカーなんだ？」

「テープを回せば、わかるよ」

「テープなんか、回してない」

「それなら、コインロッカーを、全部開けて調べてみろよ。あッ」

ふいに、男は声をあげ、そのあと、

「早くしろ」

といって、電話を切ってしまった。

10

十津川と亀井、それに、三沢公安室長の三人は、丸の内側の北口通路近くにあるコインロッカーに向かって走った。

八重洲口側に抜ける通路から、ちょっと外れた場所に、コインロッカーが並んでいる。

死角になっているせいか、八重洲口側のコインロッカーほど利用者はいない。

土曜日の午後は、コインロッカーは、たいていいっぱいだが、ここだけは、まだ空《あ》いている。

十津川たちは、借りて来たマスターキーで、男のいったロッカーを開けた。

十津川は、そこに、一億円の新しい受け渡しの方法を書いたメモでも入っていると思っていたのだが、中に入っていたのは、大きな紙袋だった。

三沢が引き出した。

その場で中身は調べず、三人は駅長室に持ち帰った。

一つ三百円くらいで売っている紙袋である。

中から出て来たのは、折りたたんだ布製のバッグが二つだった。

それと、メモが入っていた。

白い紙にワープロで、次のように書いてあった。

〈大小二つの袋に、九千万円と一千万円に分けて入れ、一六時三〇分東京発の寝台特急「さくら」に乗れ。

切符は、小さいバッグに入っている。

持参する人間は、東京駅の助役一人であること。

その後の指示は、乗車してから待て。警察が介入すれば、東京駅を爆破する〉

「どういうことですか？　これは」

木暮首席助役が、十津川にきいた。

「何ですか？」

「九千万円と一千万円に分けろと書いてあることです。犯人は、何のつもりで、こんなことを指示して来たんでしょうか？」

「何にもわかりませんね。犯人の都合でしょう。どう分けても、こちらは、本物の紙幣は入れませんから同じです」

たたんであるバッグを広げると、確かに大、小があった。

古雑誌や新聞を一万円の大きさに切って束ねたものを、二つのバッグに詰めた。

小さいバッグのほうに、犯人のいうとおり、今日の「さくら」の切符が入っていた。

下りの寝台特急「さくら」は、東京駅を、もっとも早い時刻に出発するブルートレインである。

行き先は長崎、佐世保。

切符はB寝台のもので、4号車6下となっていた。長崎までの切符である。

十津川は、腕時計を見た。

午後三時三十五分。

「まだ、あと一時間ありますね」

「私が持って行きましょう」

と、首席助役の木暮がいった。

「われわれも、一緒に行きますよ」

亀井がいうと、北島駅長は迷うような顔で、

「犯人は、警察が東京駅に来ているのを知っていましたよ。亀井さんの顔も知っているかもしれません」

「それでは、車掌の制服を用意していただけませんか。それを着て、『さくら』に乗っていれば、大丈夫でしょう」

と、亀井はいった。

すぐに車掌の制服が用意されることになった。

十津川は、もう一度、犯人からの電話を、テープを回して聞いてみることにした。

十津川が、興味を持ったのは、国鉄神田駅近くの公衆電話ボックスからの電話ではなく、二度目の短い指示のほうだった。

「この『あッ』という叫びはなんだろう？」

と、十津川は首をかしげた。

コインロッカーを全部調べてみろよといってから、犯人は突然「あッ」と声をあげ

ているのだ。

北島駅長や木暮首席助役たちも、一斉《いっせい》に首をひねっている。

「公衆電話ボックスからかけているとき、誰かが、いきなりドアを開けたんじゃありませんかね？」

木暮がいった。

「いや、それはないと思いますね。公衆電話ボックスというのは、中が見えますから、いきなり他人が開けるということは考えられませんよ」

「犯人は、マンションの一室からかけてきていて、部屋に誰かが入って来たのかもしれませんね。それなら可能性はあるでしょう？」

「そうですね。あり得ますね。ただ残念ながら、二度目の電話は短かったので、どこからかけてきたのかわからないのです」

「それでは、この叫び声が何なのか、結局、わからんわけですね」

「しかし、何かあったことだけは、確かです」

と、十津川はいった。

それが、犯人解明の突破口になるだろうか？

第四章　ブルートレイン

1

若い駅員の本田《ほんだ》は、ふいに、

「すみません」

と、声をかけられた。

北口通路の入口のところである。

本田が振り向くと、二十歳ぐらいの若い女が、蒼《あお》い顔で、こちらを見つめている。

いかにも心細そうな表情をしている。

「何ですか？」

と、本田はきいた。

「友だちがいなくなっちゃったんです」

娘は、甲高い声でいった。

「いなくなったって、どういうことです？」

「急にいなくなったんです。お願いです。探して下さい」

「くわしく、事情を説明してくれませんか。事情がわからないと、何もできませんから」

「私と友だちと二人で、さっき着いたんです」

「どこから、いらっしゃったんですか？」

「飛騨《ひだ》の古川《ふるかわ》という小さな町から来ました。それで、友だちがコインロッカーに荷物を入れてくるといったんで、私は、ここで待ってたんです。そしたら、いくら待っても戻って来ないんです。どこかに消えてしまったんです。お願いです。探して下さい」

娘は真剣な眼つきで、本田を見た。

横に入って行くと、トイレとコインロッカーが並んでいる。

「友だちは、あそこのコインロッカーへ行ったんですか？」

「ええ」

「あなたは、一緒にコインロッカーへ入れに、行かなかったんですか？」

「かおるが向こうの売店で、ハンカチを買っといてくれといったんで、買いに行ってたんです」

「かおるというのは、いなくなった友だちの名前ですね？」

「ええ。島田《しまだ》かおるというんです。私の名前は宇野《うの》ゆかりです」

「どのくらい前のことですか？」

「三十分くらい前ですわ」

「わかりました。探してみましょう。島田かおるさんの写真はありませんか？」

「ないんです。新幹線の中で何枚か写真を撮ったので、現像すればできますけど」

「ちょっと調べてみましょう」

本田は、ゆかりから、友だちの顔立ちや服装などを聞き、近くの売店の店員などにきいてみたが、それらしい女性を見たという返事は得られなかった。

「東京に知り合いはいないんですか？」

と、本田は、宇野ゆかりにきいた。

「いませんわ」

「今日、どこかに泊まることになっているんですか？」

「ええ、代々木のビジネスホテルに、予約がとってあります」

「じゃあ、彼女が、そこへ行ったということは考えられないのかな？」

「電話してみましたけど、彼女、行っていませんでしたわ。第一、私に黙ってホテルへ行ってしまうなんて、考えられません。コインロッカーに荷物を預けて、宮城《きゆうじよう》を見に行こう、ホテルへは、そのあとで行こうといってたんですもの」

ゆかりは、怒ったような声でいった。

確かに彼女のいうとおりだろう。しかし、それなら彼女は、どこへ行ってしまったのだろうか？

本田はふと思いついて、ゆかりと一緒に、北口ホールにある診療所へ足を運んだ。正確には、「旅行者援護所《えんごしよ》」である。

緑十字のマークがついた診療室には、医師と看護婦など四人がいる。本田は、問題の女性が、コインロッカーの前で、突然、貧血でも起こして倒れ、ここに運ばれて来ているのではないかと考えたのである。

診療室の中にはベッドがあって、五十六、七の男が横になっていたが、島田かおるらしい女性はいなかった。

本田は、所長の高井《たかい》に、三十分くらい前に、若い女性が運ばれて来なかったかどうかをきいてみた。

「幸か不幸か、今日は、若い女は来なかったよ」

と、高井は笑った。

「倒れて、救急車を呼んだということもありませんか？」

「聞いてないね。救急車が来れば、私のところへも連絡があるはずだが」

「そうですか――」

本田はがっかりして、ゆかりに眼をやった。

「あなたの友だちは、どこにもいないようですねえ」

「ここ以外に、どこか駅の中で、友だちが行くような場所があるでしょうか？」

ゆかりは、泣きそうな顔できいた。

「この近くの地下に、日本食堂のレストランがありますよ。何か飲みたくなって、あそこへ行ったんじゃないかな？　コーヒーやジュースもあるから」

「でも、私に黙って行くなんて、信じられませんわ」

「僕も、そう思うけど、念のために見て来ましょうよ」

「すみません」

ゆかりが、ぴょこんと頭を下げた。

二人は、地下にある日本食堂経営のレストランへ行ってみた。

だが、ここにも、島田かおるはいなかった。

(本当に、この娘の友だちは、行方不明になったのだろうか?)

本田は、ふと、そんな疑問も持った。

東京駅の中で、しかも白昼、一人の成人の女が消えてしまうなんて、信じられなかったからである。

しかし、眼の前の宇野ゆかりが、嘘をついているようにも思えない。

どこか幼さの残る顔立ちだが、美人だし、真面目そうに見える。第一、友だちがいなくなったと嘘をつく必要もないだろう。

「お願いです。かおるを探して下さい」

ゆかりが必死になっていう。

「とにかく公安室へ届けましょう」

と、本田はいった。

「公安室?」

「ええ、ひょっとして、何かの犯罪に巻き込まれたということも考えられるし、大人が一人いなくなってしまったんだから、届けておきましょう」

本田はゆかりを、東京鉄道公安室へ連れて行った。

そこにいた二人の公安官に、ゆかりが事情を説明していると、片方の公安官が急に、

「ちょっと待ちなさい」

と、ゆかりの言葉をさえぎり、奥へ入って、どこかへ電話をかけていた。

本田とゆかりが、何だろうと、顔を見合わせていると、中年の男が二人、あわただしくやって来た。

「私は警視庁の捜査一課の十津川といいますが、あなたの友だちが消えてしまったときのことを、もう一度、話してくれませんか」

と、その一人が、ゆかりにいった。

2

中野の「渡辺美術」店にいた日下と麻子は、九州から新幹線でやった来た伊知地という男からの電話をもらった。

「今、新幹線で東京駅に着いたところです」

と、電話の向こうで、伊知地は大きな声を出した。

なるほど、駅の喧騒のようなものが聞こえてくる。

「これから、そちらへ伺ってもいいんですが、東京は不案内で、中野がどの辺にあるのか、わからんのです」

「では、東京駅にいて下さい。こちらから迎えに行きますよ。四時半までには東京駅に着けると思います」

と、日下はいった。

「それは申し訳ありませんな。私は、どこにいたらいいですか？」

「今、どこにいるんですか？」

「新幹線のホームです」

「それでは、八重洲口のほうへ改札を出て下さい。ええ、大丸のあるほうです。地下に名店街があって、その中に、『アケボノ』というコーヒーショップがあります。そこで待っていてくれませんか。四十分くらいで行けると思います」

日下はそういって、電話を切った。

「一緒に東京駅へ行きますか？　疲れているのなら、僕が一人で迎えに行って来ますよ」

と、日下がいうと、麻子はすぐ、

「一緒に行きますわ」

「疲れているんじゃありませんか？」

「少しね。でも、彼が最後に会った人から、話を聞きたいんです」

「じゃあ行きましょう」

二人は中央線で、東京へ出ることにした。

四時二十五分に、二人は東京駅に着いた。

八重洲口に抜け、地下の名店街に階段を降りて行った。

広い地下の通路の両側に、土産物店やレストラン、喫茶店などが、ずらりと並んでいる。

その一軒に「アケボノ」という喫茶店がある。

伊知地の声は電話で聞いたが、顔は知らない。

向こうも、日下の顔は知らないはずである。

(目印をいっておけばよかったな)

と、思いながら、麻子と二人で店内へ入って行くと、奥のテーブルにいた五十七、八歳の男が立ち上がって、

「失礼ですが、刑事さんと山本麻子さんじゃありませんか？」

と、声をかけてきた。

電話の声が大きかったので、何となく大柄な男を想像していたのだが、実際に会ってみると、伊知地は、むしろ小柄な男だった。ただ、眉が太く、九州男子の典型という感じがした。

お互いに、改めて自己紹介してから、三人でテーブルについた。

「麻子さん。あなたを見たとたん、わかりましたよ」

と、伊知地は、相変わらず大きな声でいった。

「でも、私は、初めてお目にかかりますけど――」

麻子が首をかしげると、伊知地は笑って、

「渡辺さんがよく、あなたのことをいっていたからですよ。あなたが、どんなに美しくて聡明かということを、何度も聞かされましてね。そのとおりの人だったので、すぐわかったわけです」

「渡辺さんとは、宮崎で、どんなことを話されたんですか？」

と、日下がきいた。

伊知地は、新しくコーヒーを注文してから、

「本当は、うちに伊万里《いまり》のいいものがあるので、それを見にいらっしゃったんですが、そのほうの取引は決まりませんでしてね。渡辺さんに、無理して持って来てもらった藤原定家の新百人一首について、話しこんでしまいましたよ」

「あなたが、渡辺さんに見たいといったんですか？」

「そうなんです。どうしてもこの眼で見たかったものですからね。もちろん、渡辺さんが売ってくれるのなら、一億でも二億でも出す気でしたよ」

「だが、渡辺さんは売らなかった？」

「ええ。あっさり断わられましたよ」

「社長は、国の機関に売るか、そうでなければ、自分で持っていたいと申しておりましたわ」

と、麻子がいった。

二人の前に、日下が注文したコーヒーが運ばれてきた。

日下は一口、飲んでから、

「渡辺さんが宮崎からブルートレインの『富士』に乗るのを、見送られたといいましたね？」

と、伊知地にきいた。

「ええ。お見送りしました」

「そのとき、渡辺さんは、定家の新百人一首を持っていたんですか？」

「もちろんです。白いスーツケースに入れて、ちゃんと持っておられましたよ」

「白いスーツケースですね」

その点は、麻子のいうことと一致していた。

しかし、東京駅で発見された渡辺の死体の傍にあったのは、ルイ・ヴィトンのボストンバッグだった。

「まさか、あの定家の新百人一首まで、なくなったわけじゃないでしょうね？」

伊知地は、まっすぐに日下を見つめてきいた。

「盗《と》られました。ボストンバッグとすりかえられたんです」

「参りましたな」

と、伊知地は、小さな溜息をついて、

「当然、渡辺さんを殺した犯人が盗って行ったということになりますね？」

「そうですね」

「すると、やはり渡辺さんが宮崎を出発したあと、店の者だといって、渡辺さんの行動を聞いてきた電話の男が、怪しいということになりますか？」

「そうです。私は、京都の『古稀店』の主人が怪しいと思っています」

「社長が、そのお店で、定家の新百人一首を見つけたんですわ」

と、麻子が説明した。

「なるほど、それで、そこの主人は、かっとしたというわけですな？」

「脅迫状も来ています」

と、日下はいった。

「それは、穏やかじゃありませんね」

「渡辺さんは、その古文書を見つけたとき、これは偽物だといって欺し、安く買って行ったというのですよ。覚悟しろというようなことも書いてありましたね」

「しかし、それは京都の人が悪い」

と、伊知地はいった。

「この世界では、自分の眼を養わなければ生きていけません。誰だって、いいものを安く手に入れたいんです。手に入れた者が勝ちですよ。『古稀店』の主人が脅迫状を出すなんていうのは、負け犬の何とかみたいで、みっともないですね」

「あなたも、そう思うんですか？」

「といいますと？」

「彼女も、そういっていましたよ」

日下が麻子を、ちらりと見ていった。

伊知地は微笑した。

「じゃあ、麻子さんも、一人前の美術商になったということですかな」

「もう一度確認しますが、定家の本は、あなたが見せてほしいといったんですね？」

と、日下はきいた。どうやらそれが、渡辺の命取りになったようだからである。

「はい、そうです」

「あなたと渡辺さんは、特別の関係だったわけですか？」

「といいますと？」

「前から、何度も会っていたかどうかということです」

「渡辺さんの名前は、定家の新百人一首本の持ち主ということで、前から知っていたし、何かのパーティで、一度は会っていましたが、特別親しかったということはありませんね。それだけに、わざわざ見せて下さったので、感動してしまいましたよ。いろいろと噂のある人と思っていましたが、根は親切な人だと思いましたね」

「渡辺さんは、あなたに売る気はなかったんでしょう？」

「そうですね。今もいったように、駄目でもともと、と思って切り出してみましたが、やはり、あっさり断わられましたよ」

「そこが、どうもわからないのですよ」

日下は、首をひねった。

渡辺は、自分が掘り出した定家の新百人一首を、何より大切にしていた。一億、二億という大金を積まれても手放す気はなかったらしい。

それに、宮崎の伊知地とは、さほど親しい関係でもないという。

それなのに、なぜ、大事な新百人一首をわざわざ宮崎まで持って行ったのだろうか？　伊知地に、東京へ来いといってもよかったはずである。

宮崎まで持って行かなければ、殺されることもなかったのではないか。

(何か持って行く理由が、彼にあったのではないのか？)

それがわかれば、事件が解決に近づくかもしれない。

「京都の『古稀店』のご主人は、見つかりましたか？」

と、伊知地がきいた。

「いや、まだ見つかっていません」

「彼が犯人なんですかねえ？」

「伊知地さんは、どう思いますか？」

「まあ、『古稀店』のご主人にしてみれば、他の誰よりも、定家の新百人一首を取り返したいでしょうがねえ。しかし、渡辺さんを殺してまで取り戻そうとするかどうか、そこが疑問に思うんですが」

(だが、彼が犯人でないのなら、どこへ消えてしまったのだろうか?)

3

午後四時を過ぎると、東海道本線のホームには、カメラやテープレコーダーを手にした子供たちが集まって来る。

子供たちに人気のある寝台特急《ブルートレイン》が、相次いで発車して行くからである。

一六時三〇分　「さくら」
一六時四五分　「はやぶさ」
一七時〇〇分　「みずほ」
一八時〇〇分　「富士」
一八時一五分　「出雲1号」

一八時四五分　「あさかぜ1号」
一八時五五分　「あさかぜ3号」
一九時〇五分　「瀬戸」
二一時〇〇分　「出雲3号」

午後四時半から、いわばブルートレインの出発ラッシュが始まるのである。

一時、子供たちの撮影ブームで、白線の中に入りこんで危険だったりして、いろいろな危険防止のための規制をしなければならなかったりした。

そんな、一時ほどの騒がしさはなくなったが、それでも人気のブルートレインの写真を撮ったり、出発の音を録音したりするために、子供たちがホームに来ている。

首席助役の木暮は、両手に黒い布のバッグを提《さ》げて、ブルートレイン「さくら」に乗りこんだ。

どちらのバッグにも、詰めこまれているのは一万円札でなくて、古雑誌や新聞を、一万円札の大きさに切った束である。

犯人から渡された切符で、4号車に乗りこんだ。

一億円の札束を持っているように、芝居しなければならない。

犯人の眼が、どこで光っているかもしれないからだ。

もし、バッグの中が古雑誌とわかったら、犯人は怒り狂って、東京駅を爆破しようとするだろう。

4号車6下のベッドに腰を下ろすと、木暮はしっかりと、二つのバッグを抱え込んだ。一億円入りのバッグなら、そうするだろうと考えたからである。

終着の長崎まで、約十九時間の旅である。

その十九時間の中のどこで、犯人が接触してくるかわからない。

木暮は、自分を落ち着かせようとして、煙草に火をつけた。早く発車してくれと思う一方で、ずっと東京駅に停まっていてほしいという気もする。発車すれば、いやでも事件は動き出すだろう。

早くこんな事件は終わってほしいという気持ちがある。

ただ、東京駅を職場としている木暮は、東京駅を離れてしまうと、何となく不安になってくるのである。

亀井刑事が、専務車掌に変装して乗りこんでいるとはいっても、犯人が現われたとき、主として動かなければならないのは、木暮自身であろう。

うまく対処できるか、自信がない。

ベルが鳴った。

いよいよ下りの「さくら」は、佐世保、長崎に向かって出発である。

ゆっくりと、ブルーの長い車両が動き出した。

まだ寝台はセットされていなくて、座席になっている。

若い二十五、六歳の女性がやって来て、木暮の前に腰を下ろした。ジーパンにブルゾンという軽装である。

いつもの旅行なら、気軽く話しかけたりするのだが、今日は、

（この女は、ひょっとして、犯人の一味ではないだろうか？）

と、考えてしまう。

女は、小さなボストンバッグの中から、小型のカメラを取り出して、窓の外の景色を、ぱちぱち撮り出した。

それが終わると、木暮を見て、

「こんにちは」

と、声をかけてきた。

「こんにちは」

と、木暮もいった。

「私は、終点の長崎まで行くんですけど、あなたは？」

女は、フィルムを巻き戻しながら、木暮にきいた。

「私も長崎までだ」

「そう。それなら長崎まで、よろしくお願いします」

「こちらこそ」

「もっと混んでいるかと思ったんだけど、意外に空《す》いているんですね」

「だいたい、五、六〇パーセントぐらいのところじゃないかな」

「私は雑誌に頼まれて、ブルートレインの写真を撮ってるんです。ちょっと車内の写真を撮って来ますわ」

新しいフィルムを入れると、女は、ひょいと立ち上がって通路へ出て行った。

4

ブルートレイン「さくら」には、四人の車掌が乗っている。

前は五人だったが、四人に減らされたのである。

「さくら」は、長崎行き八両と佐世保行き六両の十四両で編成されている。

長崎行きに車掌長と専務車掌の二人、佐世保行きも車掌長と専務車掌の二人の合わせて四人で勤務する。

長崎行きの八両は、2号車の乗務員室に車掌がいる。

今日の「さくら」は、車掌が五人になっていた。一人は亀井である。

列車が東京駅を出るとすぐ、車内放送が流れる。

〈――東京を一六時三〇分、定刻に発車しました寝台専用の長崎、佐世保行き寝台特急「さくら号」でございます。これから先、停まります駅と所定の到着時刻をご案内申し上げます。次の横浜一六時五四分、沼津一八時一四分――〉

「検札に行きましょう」

と、専務車掌の小西《こにし》が、亀井にいった。

「私は、どうしていたらいいですか？」

「ただ一緒に歩いて下されば結構です。そういうこともありますから、不自然には見えないと思いますよ」

と、小西はいった。

1号車から8号車に向かって、検札していく。

亀井は小西について歩きながら、乗客の顔を、それとなく観察していった。

怪しいと思えば、どの乗客も怪しく思える。

犯人の電話の声は、三十代と思える男の声だが、だからといって、三十代に見える乗客だけマークすればいいというものでもない。

声だけ老《ふ》けて聞こえる人間もいるし、逆の場合だってあり得るからである。

4号車には、木暮首席助役がいた。

亀井はちらりと視線を交《か》わした。

木暮は、しっかりと二つのバッグを膝の上に抱えていたが、検札を受けながら、小さく首を横に振った。

まだ犯人から、連絡がないらしい。

8号車まで検札を終わったが、何の収穫もなかった。

これでは、じっと犯人の出方を待つより仕方がないだろう。

5

十津川は、一枚の写真を前に置いて、考えこんでいた。

急遽《きゆうきよ》、現像、引き伸ばしをした、島田かおるという女の写真である。

若い駅員の本田と宇野ゆかりという女性の話から、十津川は一つのことを考えたのだ。

宇野ゆかりの友だち、二十歳の島田かおるが消えたのは、犯人の指示したバッグが入っていたコインロッカーの前である。

犯人が、何時何分にあのコインロッカーに入れたのかは、わからない。

だが、犯人が入れてから、すぐ駅長に電話してきたとすれば、十津川たちがコインロッカーを開けた五、六分前ということになる。

ひょっとすると、島田かおるという女性が、荷物をコインロッカーに入れに行ったとき、そこに犯人がいたのではあるまいか。

そして、犯人にとって都合の悪い何かを、見てしまったのではないのか。

だから、犯人が彼女を連れ去ってしまった――。

（違うだろうか？）

「このかおるさんだがね」

と、十津川は、写真から顔を上げて、宇野ゆかりを見た。

駅員の本田と二人、ちょこんと並んで腰を下ろしている。

本田は多分、初めてこの「梅の間」に入ったのだろうし、ゆかりのほうは、自分がどんな事件に巻きこまれたのかと、不安でいっぱいなのに違いない。

「どんな荷物を、コインロッカーに入れようとしていたんだね？」

と、十津川はきいた。

「私と彼女のボストンバッグですわ。小さいボストンバッグですけど」

「それも見つからないんだね？」

「はい」

「その他に、ハンドバッグを持っていたわけだね？」

「グッチのハンドバッグです」

「身長と体重を教えてくれないか」

と、十津川はいい、ゆかりがいう数字を、写真の裏に書きこんでいった。身長一六〇センチ、体重五二キロ——。

「かおるは、何か恐ろしい事件に巻きこまれたんでしょうか？」

ゆかりは蒼い顔で、十津川にきいた。

「あるいはね」

と、十津川は、あいまいにいった。

十津川は、東京駅派出所に電話を入れた。

「丸の内側の北口のタクシー乗り場で、聞き込みをやってほしい。一人の女性が、午後三時十分頃、北口改札口近くのコインロッカーの前から姿を消してしまった。彼女は連れ去られた疑いがある。相手は多分、車で連れて行ったろう。タクシーに乗ったのかもしれないし、自家用車で連れ去ったのかもしれない。そのときでも、タクシーの運転手が目撃している可能性がある。女性の写真は『梅の間』にあるから、取りに来い」

すぐに、派出所の警官二人が、島田かおるの写真を取りに来た。

警官二人は写真を持って、丸の内北口に向かった。

十津川は、時刻表を広げた。

亀井と木暮首席助役が乗った「さくら」は、間もなく横浜に着く。

犯人がいつ、木暮に接触してくるか、見当がつかない。

接触したとき、うまく逮捕できればいいが、失敗して、一億円が古雑誌とわかったときが問題だ。

できれば、それまでに犯人の身元を洗い出したいのだ。

夕闇の中を、ブルートレイン「さくら」は、西に向かって走り続けている。

やがて、夜のとばりが下りてくれば、本当の夜行列車らしくなってくるだろう。

だが、車掌に化けて乗っている亀井にしてみれば、夜になる前に解決したかった。

犯人が、早く仕掛けて来てくれと思う。夜になれば、捜査は難しくなってくるからだ。

6

犯人は、この列車に乗っているのだろうか?

「踊り子13号」のときは、犯人は列車に乗っていた。

今度も多分、乗っているだろう。「さくら」は十四両編成だから、一両に二十人の乗客と考えても、二百八十人の乗客が乗っていることになる。長崎行きの八両に限定しても、百六十名だ。

その中から犯人を見つけ出すのは難しい。どんな顔なのか、年齢も背恰好もわからないからである。

いや、「踊り子13号」で車掌に化けていたのだから、顔は見ているのだ。しかし、不思議なもので、相手を本物の車掌と思いこんでいたせいか、顔を注意して見ていない。

背の高さだけは、自分より五、六センチ大きかったから、一七二、三センチだろうと思うのだが、その他のことが、どうしても思い出せないのだ。

思い出そうとすると、車掌の制服姿だけが浮かんで来てしまう。

「あと七分で横浜に着きます」

と、専務車掌の小西が、いった。

横浜には一六時五四分に着き、一分停車で発車する。

次の停車駅は沼津で、これは一八時一四分だ。

この季節だと、六時を過ぎると完全に暗くなるだろう。

(犯人は、乗客がベッドに入ってから、仕掛けてくるのだろうか？)

亀井が、そんなことを考えたとき、突然、乗務員室のドアが激しくノックされた。

専務車掌の小西がドアを開けると、真っ青な顔をした木暮首席助役が突っ立っていた。

「亀井さん」

と、木暮が、かすれた声でいった。

亀井は、その気配に、ただならぬものを感じながら、

「どうしたんです？」

「これを見て下さい」

木暮は、一枚の紙片を差し出した。

ワープロで打ったと思われる字が、白い紙に並んでいた。

〈横浜に着いたら、小さなバッグの一千万円を、ホームに撒《ま》き散らすこと。一分間の停車時間があれば可能だろう。ホームに混乱が起きるだろうが、それをわれわれは、そちらの誠実さの証拠と見る。

もし、これが実行されない場合は、そちらが約束を破ったものと見なして報復する。

横浜駅のホームに一千万円が撒かれたと確認された場合のみ、残りの九千万円について、改めて指示する。

山田太郎〉

読み終わった亀井の顔色も変わっている。

「どうしたらいいんですか？　亀井さん」

と、木暮は、声をふるわせた。

亀井にも、どう返事していいかわからなかった。

「亀井さん。二つのバッグには、古雑誌しか入っていないんですよ。どうしたらいいんですか？」

「畜生！」

亀井は、舌打ちした。

なぜ、一億円を二つに分けて、片方に一千万円、片方に九千万円なのかわからなかったのだが、その理由が、やっとわかったのだ。

相手も、こちらが一万円札のかわりに、古雑誌を入れておくかもしれないと考えたのだろう。

だから、一千万円損しても、本物の札束かどうか確かめることにしたのだ。

「間もなく横浜です」

と、小西がいった。

「どうしたらいいんですか？　亀井さん」

木暮が、甲高い声でいう。

「どうしようもありませんよ」

亀井が覚悟を決めていった。

「しかし、亀井さん」

「私は二万円しか持っていません。木暮さんは、いくら持っています？」

「私だって二万円くらいのものです」

「それじゃあ、どうしようもないでしょう。せめて百万くらいあれば、ホームに撒き散らして、何とか誤魔化せますがね。これは、われわれの負けです」

「どうしたら、いいんですか？」

「この手紙は誰があなたに渡したんですか？」

「いや、最初から、4号車6下の座席に置いてあったんです。私は緊張していて、気がつかなかったんです」

「なぜ、気がついたんですか？」

「前に座った若い女が教えてくれたんです。カメラを持って、やたらと車内をぱちぱち写していた女です。雑誌社の人間だとかいっていましたが、ひょっとすると――」

と、木暮は、急に顔色を変えて、

「あの女が、犯人かもしれませんね」

「いや、それは違いますよ」

亀井は、きっぱりといった。

「なぜ違うとわかるんですか？　この手紙は、あの女が持っていたのかもしれませんよ」

「彼女は婦人警官です」

「え？」

「優秀な婦人警官で、急遽、雑誌記者に化けさせて乗せたんです。だから、彼女ではありません」

列車がスピードをゆるめた。

横浜駅のプラットホームが見えてきた。

「どうしたらいいんですか？」

と、木暮がきいた。

「席へ戻って、平静にしていて下さい。この手紙も、元のとおり、座席に置いておくんです」

「しかしわれわれが、一千万円を横浜でばら撒かなければ、犯人たちは、われわれが欺したと思いますよ」

「わかっています。ただ犯人は、われわれが、この手紙に気づかなかったと考えるかもしれません。可能性はうすいですがね」

「あなたは、どうされます？」

「次の沼津まで乗って行くか、横浜で降りるかは、状況次第です。十津川警部や北島駅長には、あの婦人警官に連絡してもらいますよ」

「わかりました」

木暮は手紙を封筒に入れ直すと、自分の席に戻って行った。

そうしている間に、「さくら」は横浜のホームに滑りこんだ。

亀井は、通りかかった婦人警官に事情を話してから、ホームに降りてみた。

犯人は、このホームのどこかで、一千万円の札束が撒き散らされるのを見守っているのだろうか？

亀井は必死になって、ホームを見廻した。

横浜駅は、1番線から10番線まで五本のホームがある。どのホームにも乗客がいる。

一千万円の札束を撒き散らせば、間違いなくパニックが起きるだろう。

五本のホームのどこにいたって、わかるだろう。

いや、横浜駅にいなくたっていいのだ。

駅の外にいたって、そんなパニックなら、すぐ噂になって、聞こえるはずである。

ホームに立って、犯人を見つけるのは、絶望的だとわかった。

「出ますよ」

と、小西専務車掌がいった。

亀井は、横浜駅に残ることにした。

一分停車で、一六時五五分に「さくら」は、横浜を出発した。

一八時一四分沼津着まで、「さくら」は停車しない。

犯人は、木暮があの手紙を見なかった、と思ってくれるだろうか？

その可能性は五パーセントもないだろう。

こういう事件での犯人は、臆病なものだ。警察に欺されないかと、びくびくしている。だから、五パーセントほどの可能性しかないと思うのである。

（駄目だろうか？）

午後五時五、六分過ぎに、東京駅の駅長室の電話が激しく鳴った。

北島が受話器を取った。

テープレコーダーのスイッチが自動的に入る。

「駅長の北島だ」

「おれのことは、覚えてるな？」

と、聞き覚えのある声が、いった。

「ああ、覚えているよ」

「よくも、おれを欺したな」

相手の声は、怒りにふるえているように聞こえた。

北島は、あわてて、

「何のことかわからんな。説明してもらいたい」

「説明の必要はない」

「われわれは、君の指示どおりに、一億円を木暮首席助役に持たせて、下りの『さくら』に乗せたんだ。どうして裏切ったというんだ？」

「今頃、何をいいやがる。おれは、予告どおり、東京駅にダイナマイトを送りつけてやるぜ。覚悟していろ！」

相手は怒鳴って、電話を切ってしまった。

北島は受話器を置くと、蒼い顔で十津川を見た。

「どうすれば、いいんですか？　犯人は、宣戦を布告してきましたよ」

「こちらが犯人を欺せなかったということです。こうなれば仕方がありません。覚悟を決めて、犯人と対決しましょう」

十津川は、冷静にいった。

横浜駅で降りた婦人警官から連絡を受けていたので、十津川は、別にあわてなかった。

亀井は、犯人は、われわれが手紙を見逃したと考えるかもしれないと期待していたが、それほど甘くはなかった、というだけのことである。

第五章　臨戦体制

1

十津川は、主だった助役と公安室長に、改めて「梅の間」に集まってもらった。警視庁捜査一課からも、新しく七人の刑事が駈けつけた。それに爆発物処理班もである。

「難しい事態になりました」

十津川は、厳しい口調でいった。

全員が黙って、十津川を見つめている。誰にも、非常事態になってしまったことは、わかっているのだ。

「犯人は、東京駅を爆破するといいました。コインロッカーにダイナマイトが入っていたことから考えて、これがたんなる脅しとは思えません。犯人は、必ずやると思わないわけにはいきません」

「しかし、犯人が、東京駅のどこに、いつ、ダイナマイトを投げこむか、わからんのでしょう？」

三沢公安室長が質問した。

「まったくわかりません」

と、十津川は、正直にいった。

「それじゃあ、どうやって防ぐんです？」

「犯人は、すでに爆発物、おそらくダイナマイトでしょうが、それを、東京駅に持ちこんでいるのかもしれないし、これから持ちこもうとしているのかもしれません。犯人は一億円を手にするチャンスがあると思っていたはずですから、おそらくまだ、持ちこんではいないでしょう。これから持ちこんで来ると考えて、対策を考えたい。まず、爆発物処理班の責任者、津曲《つまがり》警部を紹介します」

十津川は、小柄で、色の浅黒い男を紹介した。

津曲は、のっそりと立ち上がり、「津曲です」といっただけだった。

もともと口数の少ない男で、無愛想だが、腕は確かだった。彼の部下五人も、それそれ高度の技術の持ち主である。

「駅の構内なり、列車の中で、爆発物らしきものが見つかったら、すぐ津曲警部に連絡して下さい」

十津川はそういってから、次に全般的な警戒の方法を説明した。

「今後、東京駅に到着する列車は、車掌さんや駅員さんたちが、念入りに車内を調べてほしい。そして、爆発物らしきものを見つけたら、今いったように、すぐ津曲警部に連絡をとってもらいたいのです。今から、東京駅に到着する列車は全部です」

「それは、すぐ手配しましょう」

助役の一人が、いった。

「お願いします。次は、東京駅を通って行く電車です。山手線や京浜東北線などは、東京駅が終点ではありませんが、犯人は、その電車が東京駅に着く時刻に合わせてタイマーをセットして、電車のどこかにダイナマイトを置く可能性もあります」

「しかし、十津川さん、どうやってそれを防ぐんですか？　山手線や京浜東北線などは、四、五分間隔で東京駅に着きます。ラッシュになれば、そのたびに、どっと乗客がホームに吐き出されます。どうやって爆発物を探せばいいんですか？」

三沢がきいた。

「正直にいって、私にもわかりません」

「そんな無責任な！」

田中助役が、声をあげた。

十津川は微笑して、

「三沢さんのいわれるように、いちいち、すべての通勤電車を調べるわけにはいかないからですよ。正直にいって、お手上げです。しかし、まったく打つ手がないわけじゃありません」

「どんな手を打つつもりですか？」

「四、五分おきに東京駅に着く通勤電車を、一両ずつは調べられません。ラッシュになったら、なおさらでしょう。だから、通勤電車に仕掛けられるのが、いちばん怖いと思っています。しかし、この方法にも欠点があります。電車が東京駅に着いたときに、ちょうどうまく爆発するように、セットしておかなければならないからです。電車が、次の駅へ着いたときに爆発したのでは、犯人も困ると思いますね」

「しかし、タイマーをセットしておけば、いいわけでしょう。私は、犯人は頭がいいと思う。それに、駅に行けば、山手線、京浜東北線でも正確な時刻表がわかる。それに合わせてタイマーをセットすれば、可能なんじゃないですか。だから、通勤電車も除外できませんよ」

三沢が、食いさがった。

十津川は肯いた。反対しなかったのは、三沢の考えにも、一理あると思ったからである。

ラッシュのときの通勤電車は、四、五分おきに到着する。各駅に停車する時間は、せいぜい一分間ぐらいのものだろう。

通勤電車に爆発物をのせ、東京駅に着いたときに爆発させるには、タイマーのセットが難しいが、不可能ではない。

たとえば、山手線の電車を利用するとして、隣りの有楽町で、網棚にのせておいてもいいのだ。

満員の電車だと、いちいち網棚の荷物を、乗客が注意したりはしないだろう。

(もし、ラッシュ・アワーに、そんなことをされたら、大惨事になるな)

と、十津川は思った。

満員の車内で爆発するからだ。

2

「今、三沢室長のいわれたとおりのことを、犯人が考えているとして、その対策を考えましょう」

十津川がいうと、三沢が頭を振って、

「対策なんかありませんよ」

「なぜ、ないんですか？」

十津川がきくと、三沢は、そんなことはわかっているだろうというように、

「考えてもみて下さい。ラッシュのときには、電車が次々に到着して、また発車していくんです。しかも、どの車両もすし詰めですよ。それを、全部調べるなんて不可能じゃありませんか？　東京駅に着いたら、乗客を全部降ろして車内を調べるんですか？　そんなことをしたら、交通が麻痺してしまいますよ」

「それは、わかっています」

「じゃあ、どんな対策があるというんですか？　東京駅を通る電車を、全部停《と》めてしまいますか？　山手線も中央線も京浜東北線も停めるんですか？　それに総武線も」

「そんなことはできませんよ」

北島駅長が口をはさんだ。

「私たちの仕事は、乗客の安全と同時に、すべての列車の正常な運行を確保することです。それが鉄道マンの任務です。電話の脅しで列車の運行を停めてしまえが、乗客の安全は図れるでしょうが、パニックは避けられませんよ。それに笑い物になります。だから、絶対にできませんよ。十津川さん」

「私も、電車を停めることは、考えていませんよ」

と、十津川はいった。

「じゃあ、どうやって爆発を防ぐんですか？」

三沢が、眉間にしわを寄せて、十津川を見た。そんな名案があるものかという顔だった。

助役たちも、十津川を見つめている。

十津川は、手を小さく振った。

「私にだって、そんな名案があるわけじゃありません。東京駅が終着駅である列車については、先にいいましたように、乗務員が車内を調べて下さることで、ある程度防げると思います。ラッシュ・アワーに間断なく発着する通勤電車では、三沢室長のいうように、車内を調べることは不可能に近いでしょう。特に満員の車内ではね。といって、北島駅長のいわれるように、すべての電車を停めることもできない。そこで、次善の策を講じたらと思うのです」

「次善の策とは、何ですか？」

田中助役がきいた。

「犯人は、東京駅をターゲットにしています。どの駅でもいいとは思っていないでしょう。それに、電話で聞くかぎり、犯人は自信満々の男のように思えます。こういう男は、自尊心が強いものです。もう一つ、東京駅を爆破してやるといいましたが、国鉄に報復するとはいっていません」

「それで、十津川さんは、どうしようといわれるんですか？　結論を早くいって下さい」

助役の一人が、いらいらした顔で、十津川にいった。

「わかりました」

と、十津川がいった。

「犯人のそうした自尊心を利用しようと思うのです。自尊心の強い犯人は、東京駅を爆破してみせる気です。間違って他の駅を爆破してしまったら、自分の負けと思っているに違いありません。そこで、こう放送して下さい。東京駅の構内でも、どこでもいいですから、何か事故があって、電車の運行が乱れている、とです。そうすれば、犯人は、タイムテーブルに合わせて爆発物をセットしても、東京駅に着いたときに、はたして爆発するかどうかわからないと思うでしょう。通勤電車に爆発物をのせることは、見合わせるかもしれません」

「しかし、犯人が、どこで爆発してもいいと考えたら、どうなるんですか？」

「そうなったら、お手上げです。どうすることもできません。だから私は、犯人の自尊心に賭けてみるといったのです」

「わかりました。十津川さんのいうとおりにやってみましょう」

北島駅長が、いってくれた。

「しかし、駅長——」

と、助役の一人がいいかけるのへ、

「何もせずに、手をこまねいているよりはいいよ。すぐ手配してくれ」

北島は、命令した。

三沢室長は、煙草に火をつけ、一口吸ってから、すぐ灰皿でもみ消して、

「十津川さん。他のルートはどうしますか？　犯人は、列車に爆発物を仕掛けて、東

京駅で爆発させるとは限りませんよ。車で東京駅にやって来るかもしれない。自分で持ってね。この駅には、何万人という人間が出入りするんです。その所持品を一人一人調べるわけにはいかんでしょう？」

「その方面は公安官の方々と、私の部下でやりましょう。制服の警官も動員します。構内の各所に張り込んで、挙動の怪しい人間がいたら、職務質問をすることにします。少しは、犯人に対する牽制になると思いますね」

と、十津川はいった。

「急に構内に、公安官や警官の姿が増えたら、新聞記者が、きっと質問してきますよ。そのとき、何と返事をしたらいいですかね？」

田中助役が、北島駅長を見た。

「どうしますか？」

と、北島が、十津川にきいた。

「そうですね。何といったらいいかな」

十津川も迷った。ありのままにいったのでは、それがテレビ、ラジオで流されて、パニックになりかねない。といって、あいまいないい方では、新聞記者は納得しないだろう。

「どうですか。私は正直に話したほうが、いいと思いますが」

といったのは、乗客助役の工藤《くどう》だった。

「しかし、そんなことをしたら、パニックになりますよ」

三沢が顔を紅潮させて、反論した。

工藤は、一応、三沢に向かって肯いてから、

「その危惧《きぐ》はわかりますが、嘘をついたのでは、記者さんたちは納得しないと思うんです。こういう事件では、どうしても、マスコミにも協力してもらわなければなりません。それなら、正直に話して、しばらく報道をおさえてもらうのが、一番だと思います」

といった。

朴訥《ぼくとつ》ないい方だけに、かえって説得力が感じられた。

「よし。マスコミ対策はそれで行く。質問があったときは、私が答えるよ」

と、北島がいった。

「ところで、十津川さん。こういう対策は、いつまで続ければいいんですか？」

助役の一人がきいた。

「犯人を逮捕するまでです。まったく尻尾《しっぽ》を出さない犯人というわけじゃありません

から、警察は、犯人逮捕に全力を尽くします」

と、十津川はいった。

3

山手線の各駅、中央線の各駅、それに京浜東北線、総武線の各駅に、突然、次のような掲示が出た。

〈東京駅構内の事故により、電車の運行が乱れておりますので、ご了承下さい〉

それが犯人に対する力になるかどうかは、犯人の自尊心の強さにかかっていた。それと時を同じくして、東京駅構内に、急に制服警官と公安官の姿が多くなった。

二人一組になり、トランシーバーで連絡を取りながら、構内を歩き廻り、挙動不審な人間を見ると、容赦なく職務質問をした。

当然、乗客との口論も起きたが、その処理には、三沢公安室長があたった。

もちろん、一般人に対しては、爆発物のことはいわなかった。

東京駅に到着する列車については、二駅前ぐらいから、乗務員と公安官による車内の捜査を徹底させた。そのため、他の駅の公安官の協力も仰いだ。

十津川は、西本や清水《しみず》刑事たちと、犯人の追及に全力をあげることにした。亀井も戻ってきたら、参加することになるだろう。

犯人は、これといった痕跡を残していないが、十津川は、三つの点に注目した。

一つは、奪い取られた一億円の行方である。

最初の取引のとき、犯人たちの巧妙なトリックに引っかかって、まんまと一億円を奪い取られてしまった。

それなのに、犯人は電話で、一億円は受け取っていないと文句をいってきた。三沢公安室長は、犯人が嘘をついているのだと決めつけたが、十津川は、そうは思わなかった。

嘘をつくくらいなら、犯人は、最初から一億円でなく、二億円を要求して来たに違いない。それに、電話の男の声には、嘘とは思えない怒りが感じられた。

犯人グループは、何人いるのだろうか？

L特急「踊り子13号」の車掌に化けていた男がいる。中年の男だ。

その男と組んで、亀井刑事を欺した若い男がいる。この男は毒殺され、指紋から春日敏彦、二十五歳とわかった。

犯人は、この二人の他に、少なくとも、あと二人いると、十津川は考えた。

そうでなければ、おかしいのだ。

東京駅に電話してきた男と、他に一億円を持ち逃げした人間がいるはずだからである。

後者は、多分、平塚の駅で、春日から一億円入りのルイ・ヴィトンのボストンバッグを受け取り、彼に毒入りの缶ジュースを渡したに違いない。

そのあと、その人物は一億円を持って、リーダーと、どこかで落ち合う予定になっていたのだろう。

だが、逃げた。

（いや、違うな）

と、十津川は思った。

逃げたとすれば、リーダーは、一億円を、その人物が持ち去ったと考えるはずである。

だが、リーダーは、あくまでも、東京駅側が一億円を渡さなかったと、思いこんでいる。ということは、この人間はボストンバッグの中には、一億円は入っていなかったと主張したのだ。前もって一億円に似せた紙の束を作っておき、それをルイ・ヴィトンのボストンバッグに詰めかえて、リーダーに見せる気だったのだろう。

（多分、女に違いない）

十津川は、そう確信した。

きっと、魅力的な女に違いない。だからこそ春日敏彦は、渡された毒入りの缶ジュースを、何の疑いも持たずに飲んでしまったのだ。

そして、リーダーも欺されたのだろう。

十津川は、国鉄平塚駅に電話をかけ、今日「踊り子13号」が着いたあとで、ルイ・ヴィトンのボストンバッグを持った女が降りなかったかどうか、調べてもらうことにした。

第二は、毒殺された春日敏彦の交友関係である。

その交友関係から、犯人たちに行き当たることも、十分考えられる。今、春日のアパートを、本多一課長の指示で、刑事二人が調べているはずだった。

第三は、行方不明になった島田かおるという娘のことである。

女友だちの証言によれば、丸の内側北口のコインロッカーに、ボストンバッグを入れに行ったまま、消えてしまったという。

ちょうどその時刻に、犯人は、脅迫状と二つの布製のバッグを、同じ場所のコインロッカーに入れている。

ひょっとして島田かおるは、犯人を見てしまい、そのために、連れ去られたのかもしれない。もし、その推理が当たっていれば、この線からも犯人に迫ることができる。

最初の反応は、第三のケースからもたらされた。

4

丸の内側北口のタクシー乗り場で、タクシーの運転手にあたっていた刑事が、目撃者が見つかったと、十津川に知らせてきた。

十津川は若い西本刑事を連れて、タクシー乗り場に駈けつけた。目撃者は、同じ会社のタクシー運転手二人である。

「男が、女の子を抱えるようにして、駅から出て来たんだ。あれは、女のほうが貧血でも起こしてたんじゃないかな」

「誰かが声をかけたら、男は、娘が気分を悪くしたんで、これから病院へ連れて行くんだと、いってたそうだよ」

と、二人は、こもごも、いった。

「二人が出てきたのは、どこからだね？」

十津川がきくと、二人は、北口乗降口を指さした。その奥に、島田かおるが消えたコインロッカーがある。

「それから男は、どうしたんだ？」

若い西本が、性急にきく。

「向こうに駐《と》めてあった車へ乗ったよ。自家用車だ」

「どんな車だ？」

「白い外国の車だったよ」

「ジャガーだよ」

と、もう一人の運転手がいった。

「白いジャガーか。ナンバーは？」

「そこまでは見てないよ」

相手は肩をすくめた。

「そのあとは？」

「すぐ走って行っちゃったんじゃないかな。こっちも仕事があるんで、最後までは見てないんだ」

「男の人相は覚えているかね？」

と、十津川がきいた。

「人相といわれてもねえ。少し離れていたからなあ」

「うすいサングラスをかけてたよ」

と、二人がいう。

「どんな服装をしていたか、覚えていたら、教えてくれないか？」

「あの男、何をやらかしたんだい？」

「誘拐かい？」

「その恐れもある」

「へえ」

と、二人の運転手は顔を見合わせていたが、

「女の子のかげになって、ズボンは見えなかったが、上は白いジャンパーを着ていたな」

一人がいうと、もう一人が、

「今は、ブルゾンというんだ」

「そうかね。じゃあ、白いブルゾンだ」

「年齢は？」

「よくわからないが、五十歳ぐらいじゃないかな」

「女のほうは、この娘《こ》じゃないかね？」

十津川は、預かってきた島田かおるの写真を見せた。

二人の運転手は、じっと写真を見ていたが、

「顔は、俯《うつむ》いた恰好だったから、よく見えなかったが、服装は、この写真と同じだよ。ねえ刑事さん、本当に誘拐なのかね？」

「かもしれない、といった段階なんだ」

といった十津川の表情は、厳しかった。

どうやら島田かおるという娘は、犯人に連れ去られたらしい。

爆破予告に、今度は誘拐が重なったのだ。彼女の生命も考えて、行動しなければならなくなった。

「君たちの他に、その男や車を見ていた人間は、いないかね？」

十津川は、重ねてきいた。

運転手の一人は、腕を組んで考えていたが、

「問題の車をのぞいていた奴がいるよ」

「誰が？」

「あれは、八重洲口でよく見かけるホームレスじゃなかったかな。そいつが、助手席の窓からのぞきこんでいたんだ。何かあったら、盗《と》ろうと思ってたんじゃないかね。男が女を抱いて戻って来たら、あわてて逃げちまったよ」

「八重洲口でよく見かけるホームレス？」

「ああ。ときどき見かけるんだ。八重洲中央口に待合所があって、ベンチが並んでて、そこでよく寝てるんだ。前に、駅員に名前を聞いたことがあるんだが、忘れちまったよ。たまに、丸の内側にもやって来るんだよ」

「年齢は、いくつぐらい？」

「五十歳を、ちょっと越したくらいじゃないかな。太った男だよ」

「公安室へ行って、きいてみよう」

と、十津川は、西本刑事にいった。

5

駅の構内にいるホームレスは、鉄道公安室でチェックして名簿を作っている。「構内不法立入者名簿」で、駅長が持っている。

十津川が、公安室でホームレスの特徴をいうと、そこにいた公安官は、あっさりと、

「それは、『ダンナさん』と呼ばれている男だと思いますよ。太っていて貫禄があるんで、そう呼んでいるんですが、以前は、京都の大きな料亭の主人だったという話も聞いています」

「今、どこにいるかね？」

「いつもは八重洲中央口の待合室ですが、多分、今も、そこだと思いますよ」

と、若い公安官はいい、十津川たちを、そこへ案内してくれた。

地下の名店街に降りる階段の近くに、ベンチが並んでいる。

いちばん端のベンチに、太った男が寝そべっていた。小ざっぱりしたジャンパーを着ているので、ホームレスに見えないのだが、ゴム草履をはいた足が黒く汚れてい

る。よく見れば、服装もちぐはぐだった。

「あのベンチが、『ダンナさん』の定位置なんですよ」

と、公安官は笑ってから、

「おい、起きろよ」

と、相手の肩に手をかけて、ゆすった。

ホームレスは、眼を開けて公安官を見、それから十津川たちを見た。

「やあ、こんにちは」

と、十津川は、声をかけた。

ホームレスは、のろのろと起き上がった。

「どうも、うるさくて眠れん。今日は、どうして警官が多いのかね？」

「私に、きいているのかね？」

十津川が、きき返した。

「別に、答えてくれなくてもいいんだ。おれが追い出されるんじゃなければな」

「今日、君は、丸の内側にいて、白いジャガーをのぞきこんでいたね？」

十津川がきくと、相手は、急に怯《おび》えた表情になって、

「おれを逮捕するのか？」

「いや、そんなことはしないよ。実は、君がのぞいていた車は、犯罪に関係がありそうなんだよ。それで、車の中に何があったか、教えてもらいたいんだ。もし、車のナンバーを覚えていたら、それもね」

「ナンバーは見なかったよ。おれは、車の中に電話がついてたんで、びっくりして見てたんだ。話に聞いていたが、あれが自動車電話かと思ってね。だから、何も盗《と》る気はなかったんだ。本当だよ」

「車に電話がついていたのは、間違いないね？」

十津川は、念を押した。

「ああ、間違いないよ。白い電話がついていたよ」

「君は、車の持ち主が戻って来たので、逃げたそうだね？」

「逃げたんじゃなくて、見たから、もういいと思っただけだよ」

「じゃあ、逃げたというのは、修正しよう。それで、車の持ち主とは顔を合わせたんだろう？　男が、若い女を抱えるようにして、車に戻って来たのを覚えていると思うんだが」

「ああ、見たよ」

「相手の顔は、覚えているかね？」

「あんまりよくは覚えてないねえ。何といっても、車の電話にびっくりしちまったから」

ホームレスの「ダンナさん」は、陰のない声でいい、十津川と公安官を交互に見て、

「ここから出て行け、なんていわないだろうね？　このベンチに座っていていいかね？」

「ああ。いいよ」

と、公安官がいった。

十津川は西本と、いったん駅長室に戻り、わかったことを北島に話した。

北島も驚いた顔で、

「すると、誘拐事件も重なっているというわけですか？」

「その可能性が出て来ました。島田かおるという女性が、犯人に連れ去られたと思われるのです」

「参りましたね」

「犯人も、コインロッカーで何かを見られたので、やむやく彼女を連れ去ったのだと思いますね。犯人にとっても、これはアクシデントで、彼女の処置には当惑している

と思います。しかし、こちらから考えても、困った事態です。犯人が、彼女をどうするかわかりませんから」

「どうすると思います？」

「犯人は、今、東京駅を爆破しようという気持ちでいっぱいだと思われます。だから当分は、彼女は無事だとは、思うのですが」

「彼女の身代金を要求してくるということは、考えられないかな？」

北島が、心配そうにいった。

十津川は肯いて、

「犯人は、やるかもしれませんが、私としては、むしろそのほうが、戦いやすいと思っています。犯人と接触するチャンスができるし、彼女を助ける機会も出来ますからね」

「彼女の友だちに話しましたか？」

「いや、まだです。どう話したらいいか、考えているところです。それから、犯人が電話の途中で、『あッ』と声をあげた理由がわかりましたよ。犯人は、島田かおるを連れていますね。彼女を気絶させておいて、こちらへ電話していたんでしょう。その途中で、多分、彼女が意識を取り戻して、動いたんだと思います。だから犯人は、あわてて『あッ』と、思わず声を出したんでしょう」

「犯人の車に、電話がついているといわれましたね？」

「ホームレスの『ダンナさん』が確認しています」

「あの男なら嘘はいいません。見たというのなら見たんです。すると犯人は車の電話を使って、われわれに連絡して来たんでしょうか？」

「いや、車の電話は危険だから、使わなかったでしょう。現に、四ツ谷駅や神田駅近くの公衆電話ボックスからかけてきたことが、わかっています。車の電話は、仲間との連絡に使っているんでしょう」

「自動車電話を持っているというと、犯人を割り出せるかもしれませんね」

「今、自動車電話と車のジャガーの両方から、調べてもらっています。うまくいけば、犯人の名前がわかると期待しています」

「私はね、十津川さん」

と、北島は、椅子から立ち上がって、部屋の中を歩き始めた。

「ここで落ち着いていられなくて、さっき、ホームに行ってきました」

「そのお気持ちは、わかりますよ」

「ホームに立っていると、次々に通勤電車が入ってくるんです。緑色の山手線、だいだい色の中央線、青色の京浜東北線とね。そのたびに私は、背筋に冷たいものが走ります。もしあの車両に、爆発物が仕掛けられていて、東京駅のホームに着いたとたんに爆発したら、いったい、何人の人間が死ぬことになるのだろうかと思うとね」

「わかります」

「今日は土曜日なので、いつもほどのラッシュはないと思いますが、すべての会社が、週休二日じゃありませんからね。ラッシュの時間帯は混雑します」

北島は言葉を切って、懐中時計を取り出した。国鉄職員が持っている大型のものである。現在のものは、クオーツになっているらしいが、形は、あまり変わっていなかった。

駅長室には、もちろん壁時計があるが、懐中時計を見るのは、北島の癖なのだろう。

「まもなく午後六時ですね。ラッシュです。こんな時間帯に爆発でも起きると——」

6

日下は山本麻子と一緒に、もう一度、東京駅の霊安室へ行ってみることにした。

宮崎から、わざわざ上京して来た美術商の伊知地は、八重洲口にあるホテルに泊まることになった。

彼をホテルへ送ったあと、日下たちは、東京駅に戻ったのである。

渡辺の遺体は、すでに霊安室から病院に運ばれてしまっているが、遺体と一緒にあったボストンバッグは、まだ、霊安室に置いてあるはずだった。

日下は、すでに一度、麻子と一緒に、そのボストンバッグを調べている。

ルイ・ヴィトンの茶色にボストンバッグで、着替えの下着類やカメラなどが入っていたのを覚えていた。

麻子は、これは渡辺が持って出たものとは違うと主張した。白いスーツケースだった、カメラは持たない主義だったと、彼女はいうのだ。

彼女のいうことが事実なら、他の乗客の持ち物を間違えて、霊安室へ運んでしまったことになる。

日下は、そのとき、カメラのフィルムを取り出して現像してみれば、何かわかるかと思ったのだが、カメラにはフィルムは入っていなかった。

日下がもう一度、霊安室へ行ってみようと思ったのは、問題のボストンバッグがルイ・ヴィトンだったからである。

東京駅では、爆破予告と一億円強奪事件が起きている。その関係で、春日敏彦という若い男が殺されているが、この事件で犯人が使ったのが、ルイ・ヴィトンのボストンバッグだったからである。

日下は、二つの事件がつながっているかどうか判断がつかなかったが、同じルイ・ヴィトンのボストンバッグが使われていることが気になった。

麻子には、東京駅の爆破予告について話すことができないので、ただ、もう一度、あのボストンバッグを見てみたいといっただけである。

八重洲北口から丸の内北口に抜ける通路に入る。

「どうしたのかしら？　今日は、やたらにお巡りさんがいるのね」

歩きながら、麻子が首をかしげた。

日下は理由を知っているが、話すわけにいかないので、

「そうですねえ」

「誰か偉い人が来るんでしょうか？」

「さあ、わかりませんが――」

日下は、あいまいな顔になった。

通称7号室と呼ばれる霊安室は、八重洲北口から第二自由通路を入って左手にあ

る。

「とにかく、もう一度、あのボストンバッグを――」

見て下さいと、日下がいいかけたときである。

突然、鈍く重い爆発音が、前方で聞こえたかと思うと、人々の悲鳴が起きた。

同時に土煙のようなものが、猛烈な勢いで通路いっぱいに吹き寄せてきた。

「伏せて！」

とっさに日下は叫び、麻子の身体を抱くようにして通路に伏せた。

五、六秒、じっとしていたが、次の爆発音は聞こえなかった。

日下は立ち上がった。

舞い上がった土煙は、まだ、おさまっていなくて、ところどころで、人々が咳《せ》きこんでいる。

麻子も起き上がってきた。

麻子は眼をしばたたきながら、

「何があったんでしょうか？」

「わかりません。あなたは、ここにいて下さい。私が見てきます」

「いえ、私も行きますわ」

舞い上がった土煙が、少しずつ、おさまってきた。

二人は、通路を前に向かって進んだ。

霊安室の前まで来たとき、何人かの人が倒れて、呻き声をあげているのが見えた。

霊安室の頑丈な鉄の扉がひん曲がって、今にも倒れそうになっている。

霊安室の中で、何かが爆発したのだ。

駅員が駈けつけて来るのが見える。

「救急車を呼ぶんだ！」

と、日下は、怒鳴った。

麻子は真っ青な顔で、通路に倒れて呻いている人たちを見ている。

日下は、麻子をその場に残して、ひん曲がった扉の隙間から、霊安室の中へ入って行った。

T字型の室内は、まだ煙が立ちこめ、火薬の匂いがしている。

明かりも、今の爆発で消えてしまっている。

日下は、ライターを取り出して火をつけた。

煙でぼんやりしているが、日下の眼に、床に散乱したボストンバッグの破片が、いくつか見えた。

その一つ二つを拾ってみた。焦げているが、ルイ・ヴィトンのマークを読み取ることができた。

ふいに、懐中電灯の強烈な明かりを浴びせかけられた。

「なんだ日下じゃないか」

という清水刑事の声が聞こえた。

「ああ、おれだよ」

「霊安室で爆発が起きたと聞いて、駈けつけて来たんだ」

「ああ、確かに、ここで爆発したんだ」

日下がいったとき、爆発物処理班が、二人、三人と入って来た。

日下は、清水と通路に出た。

通路では負傷した人々を、白衣の救急隊員が担架にのせて運び出すところだった。

「幸い、死者は出ていないらしい」

と、清水がいった。

「ルイ・ヴィトンのボストンバッグが爆発したんだ」

日下は焦げた破片を、清水に見せた。

「遺体と一緒にあの部屋に置いてあったボストンバッグか？」

「そうだよ」

二人が話しているところへ、十津川が、北島駅長と駈けつけて来た。

他の助役たちも、蒼い顔で飛んで来た。

「君たちは、負傷している人たちをみてくれ」

と、北島は、助役たちにいった。

「ルイ・ヴィトンのボストンバッグが気になったので、見に来る途中で、爆発があったんです」

と、日下は、十津川に説明した。

「これで、渡辺裕介殺しと脅迫犯人とが結びついたわけだな」

十津川は、厳しい顔でいった。

「しかし、どう関係してくるのか、わかりません」

「どこかで、つながっているのさ。それがわかれば、犯人も自然にわかってくるよ」

十津川は、腕時計に眼をやった。

六時五分になっていた。

「犯人は、おそらく午後六時に、時間をセットしておいたんだろう」

と、十津川がいう。

「ボストンバッグを見たときは、中に爆発物が入っているなんて、思えませんでした」

日下は、正直にいった。

「二重底になっていたんだろう」

「そうか。着替えの下着類や洗面具だけでは、重さがおかしいと思われるので、大きなカメラを入れておいたのかもしれませんね」

「同じ犯人だと思いますか？」

と、北島駅長が、十津川にきいた。

「今、日下刑事にもいったんですが、これはどう考えても、同じ犯人だと思いますね。同じルイ・ヴィトンのボストンバッグ。それに爆発物。おそらく犯人は、最初から、午後六時にセットしておいたんでしょう」

「なぜ、そんなことをしたんでしょうか？」

「用意周到な犯人は、一億円の取引がうまくいかなかったとき、われわれを脅すために、前もって仕掛けておいたんだと思いますね。午後六時が適当だと、計算したんでしょう」

「しかし、なぜ、霊安室のボストンバッグに？」

「遺体の所持品は、霊安室に一緒に置いておくと思ったんじゃないですか。そこなら脅迫効果はあるが、死人は出ない。そう計算したんだと思いますね。一億円を手に入れたときは知らせるつもりだったが、手に入らなかったので、六時に爆発するままにしておいたんです。午後六時なら、一億円を手に入れてから知らせるにしても、十分、時間があると計算したんだと思いますね。想像以上に用意周到な犯人ですよ」

だが、その犯人も、仲間の裏切りまでは、計算できなかったらしい。

その共犯者が女だとしたら、主犯の男は、女に甘い中年男ということになるだろう。

「もし、そうだとすると、十津川さん、どういうことになるんですか？」

北島が顔色を変えて、十津川を見た。

北島が何を考えているのか、十津川にも、すぐわかった。

「ここは爆発物処理の専門家に委《ゆだ》ねて、駅長室へ戻りましょう」

と、十津川はいった。

負傷者は、すべて救急車で運ばれて行ったが、かわりに、通行人が集まって来た。

そのうちに、マスコミの連中も駈けつけて来るだろう。

こんなとき、駅長との会話を聞かれては困るのだ。

7

十津川は、北島と駅長室に戻った。

「さっきのあなたの質問ですが」

十津川は、ゆっくりといった。

「ええ」

北島は、まっすぐに十津川を見ている。

「犯人が、他にも、前もって爆発物を仕掛けてあるとすれば、東京駅へ入ってくる列車や人間を監視しているだけでは、防ぎ切れないのではないかと、心配されておられるんでしょう？」

「そのとおりです。その点を、十津川さんは、どう考えておられるのかと思って――」

「私も、犯人は、これから爆発物を持ちこんでくるとばかり考えていましたから、今の爆発に、正直にいって、虚をつかれた思いです。恐喝《きょうかつ》が失敗したときのことまで考えて、前もって爆発物を仕掛けておくことまでは、予想しませんでした」

「問題は、その先ですよ、十津川さん」

「わかっています。他にも仕掛けられているかどうか、ということでしょう？」

「そうなんです」

北島は、いらだちを隠さずに、椅子から立ち上がって歩き廻った。

彼は立ち止まって、十津川を見た。

「いいですか、十津川さん。東京駅の広い構内のどこかに、まだ爆発物が仕掛けられていたら、防ぎようがないですよ。公安官も駅員も、これから東京駅に入ってくる列車や、人間の監視にあたっていますからね。構内を探す余力はないんです。といって、列車や人間の監視をやめるわけにもいきません」

「わかります」

「わかるだけじゃ困るんですよ。今の爆発では、幸い死者は出ませんでしたが、負傷者は何人も出ています。どうしたらいいんですか？」

「七時までは、大丈夫だと思います」

「七時まで？　なぜ、そういい切れるんですか？」

「犯人が怒りにまかせて、これから東京駅に持ちこむ場合は、いつ爆発するかわかりません。しかし、前もって仕掛けておいたとすると、恐喝が成功するか失敗するかわからない時点で、仕掛けるわけですからね。何時何分といった半端な時刻には、セットしないはずです。きっちりした時刻にするのが常識です。それに、六時に霊安室で爆発させておいて、それからもう一度、恐喝しようと犯人が考えていたとすれば、次の爆発が、すぐに起きても、まずいでしょう。金を用意させ、それを受け取らなければなりませんからね。少なくとも一時間の間隔は、あけておくと思うのです」

「それは、希望的な観測じゃありませんか？」

「それは、わかっています。しかし、犯人はどうしても金が欲しいとすれば、また電話をかけてきますよ」

「そうだとすると――」

と、北島がいいかけたとき、電話が鳴った。

思わず北島は、十津川と顔を見合わせた。

隣りの「梅の間」にいた二人の助役が入ってきたので、十津川は、静かにというように、指を口にあててから、北島に向かって、

「出て下さい」

と、いった。

北島は受話器を取った。

同時にテープレコーダーが回り始める。

「北島です」

「おれだよ」

「山田太郎か」

「よくおれの名前を覚えていてくれたな。六時の爆発で、おれの言葉が、たんなる脅しではないとわかったはずだ」

「わかったが、何人もの負傷者が出たぞ」

「そりゃあ、霊安室の扉が、思ったほど頑丈にできていないせいだ。そっちの責任だ。おれは、霊安室で爆発すれば、怪我人は出ないと計算しておいたんだ」

「どうすればいいんだ？」

「まず一億円を用意しろ。それを、ルイ・ヴィトンのボストンバッグに入れるんだ」

「なぜ、ルイ・ヴィトンに？」

「おれが好きなんだよ。十五分でやれ。また電話する。一億円がないとはいわせないぞ」

「ちょっと待ってくれ」

「また電話する」

電話は切れてしまった。

北島は、まだ受話器を手に持ったままでいたが、やっと、それを置いた。

「どうしたらいいんです？」

北島は、十津川を見た。

「一億円はありますか？」

「ええ。今日の売り上げがあります。用意はできますよ」

「私は、渡したくありませんが、あなたは、どうなんですか？」

十津川がきき返すと、北島は当惑した顔で、

「私だって、こんな犯人に、金を渡したくはありませんよ。しかし、今の爆発で負傷者が出ました。それで、決心がぐらつきました。犯人は警告だから、霊安室で爆発するようにしておいたといった。これは嘘とは思えません。とすれば、次は人の多いところで爆発させるでしょう。しかも、すでに仕掛けてあるのか、これから持ちこむのかもわからない」

「すでに仕掛けてあるんです。今の電話で、わかりましたよ」

「爆発の時刻は、七時ですか？」

「おそらくね。だから、犯人も急いでいる。十五分で、ルイ・ヴィトンのボストンバッグを詰めろと指示してきたのは、その証拠です」

「君、すぐ、ルイ・ヴィトンのボストンバッグを買って来てくれ」

と、北島は、助役の一人にいった。

その助役があわてて飛び出して行くのを、北島は見送ってから、

「七時までに爆発物を見つけ出せる自信がないかぎり、私は犯人の指示に従いますよ」

と、十津川にいった。

「いいでしょう。今度は、私も反対しません。そのかわり、こちらも方針を変更しましょう。到着列車や人間の監視にあたっているのを中止して、駅の構内を調べさせるんです。七時までに見つけ出せれば、こちらの勝ちになると思いますね」

「それは間違いありませんか？　七時にセットしてあるというのは――」

「今の犯人の言葉から、確信を持ちましたよ」

と、十津川はいった。

それでも、北島は迷っている様子だったが、「田中君」と内勤助役を呼んで、

「すぐ、今のことを三沢公安室長たちに伝えてくれ」

といった。

十津川と二人だけ残ると、北島は疲れた顔で、

「いったい、どういう犯人なんだろう？」

と、呟いた。

「何としてでも、金が欲しいということでしょう。それに、さっきは怒って、交渉の打ち切りを匂わせたり、芝居っ気もありますね」

「そうですね」

と、肯いてから、

「コーヒーをいれましょう」

と、いった。

北島が、自らいれてくれたコーヒーを飲んでいるところへ、助役の一人が、ルイ・ヴィトンのボストンバッグを持って、息をはずませながら戻って来た。

「デパートは六時で閉まっていましたが、交渉して売ってもらいました」

と、いった。

十一分が過ぎている。

北島は電話をかけ、一億円を持って来させた。

十津川も手伝って、札束をバッグに詰めているところへ、三沢公安室長が入ってきた。

「また犯人から、連絡があったそうですね？」

「改めて一億円を要求してきた」

と、北島がいった。

「その要求に従うんですか？」

「死者は出したくないんだ。もし、相手の要求を断わって死者が出たら、取り返しがつかないからね」

「今、一億円を渡せば、犯人は合計二億円を手に入れたことになります。しかも、それで中止するか、どうかわかりません。脅せば、いくらでも出すと考えて――」

「やめたまえ」

と、北島は手を振った。

「しかし――」

「死者が出てからでは遅いんだよ。今、十津川警部と話をしたが、犯人は、前もって東京駅のどこかに、爆発物を仕掛けておいたという点で一致したんだ。それを見つけ出せればいいが、犯人の要求を蹴って見つけ出せないときは、今度こそ死者が出る。

一人でも死者が出たら、一億円が取られずにすんでも、何にもならないんだ。ここは、何といっても東京駅だからね」

北島は、別に自慢していったのではない。

世間一般は、いやでも東京駅を国鉄の顔だと考える。

今、一日の乗降客からいえば、新宿駅のほうが多くなっているが、新宿は国鉄の顔にはなれない。

東京駅の駅長の態度が悪いと、国鉄全体が非難される。

また、東京駅は東京の顔でもある。地方の人たちが東京を考えるとき、東京駅を頭に思い浮かべる人も多いらしい。その証拠に、北島駅長宛に、ときどき地方に住む人から、奇妙な手紙が来る。自分の息子が東京に行ったまま行方がわからないから探してくれという手紙、娘が東京に行くので、下宿を世話してくれという手紙、ときには、東京にいる息子に意見をして、故郷に帰って来るようにいってくれ、という手紙まで来る。

つまり、東京駅は東京の顔なのだ。

駅長自身も、東京駅だけは別格である。

国鉄職員は、駅長を含めて五十五歳が停年だが、東京駅長には停年がない。また、駅長に任命されたとき、皇居に挨拶に行くのも、東京駅長だけである。

だから、東京駅で爆発が起きて死者が出れば、東京駅が非難されるだけではない。国鉄全体が、人命軽視で非難されるのだ。

「三沢さん」

と、十津川が、公安室長に声をかけた。

「また一億円を、むざむざ犯人に取られるとは限りませんよ。犯人を逮捕するチャンスが生まれたとも、考えられるんです」

「犯人について、少しはわかったんですか？」

三沢は、今度は十津川にきいた。

「少しずつわかってきています。犯人は東京の人間で、白いジャガーを乗り廻しています。そして、自動車電話に加入しています」

「東京の人間と限定できるんですか？」

「自動車電話は、大都市しか、今のところ許可されていませんからね。それに、犯人の攻撃の対象が東京駅だということを考えれば、東京の人間と思うのが妥当だと思いますね。今、車と電話の両方から、犯人の割り出しをやっています。私は、今度に限り、犯人に一億円を渡すことに賛成です。というのは、犯人が、どうやら島田かおるという女性を誘拐しているからです。もし拒否すれば、犯人は、東京駅を爆破する前に、この女性を殺すでしょう」

十津川がいったとき、また電話が鳴った。

北島は、ちらりと十津川に眼をやって、

「犯人だったら、連れ去られた女性が、どうなっているか、ききますか？」

「いや、われわれがまだ、そのことに気づいていないと思わせておいて下さい」

と、十津川はいった。

どちらがいいか、十津川自身にもわからなかったが、知らないふりをしていたほうが、彼女は安全であるような気がしたのである。

北島が肯いて、受話器を取った。

「駅長の北島だ」

「おれだ、一億円は用意したか？」

「君のいったルイ・ヴィトンのボストンバッグに詰めてある」

「今度は、欺さないだろうな？」

「ああ。今度は間違いない。最初と同じだ」

「最初？」

「君は信用していないようだが、『踊り子13号』で君が運ばせたときは、一億円を間違いなく入れておいたんだ。君の相棒が君を欺しているんだ」

「黙れ。時間稼ぎはやめるんだな。いいか。これから、やってもらうことをいう。よく聞くんだ。時間がないからな。助役が、その一億円を持ってすぐ、中央線の快速に乗れ。六時三十分までに乗るんだ。乗ったら、進行方向に向かって右側の窓際に腰をかけ、外をよく見ているんだ」

「それから？」

「それだけだ。次の指示は、窓の外をよく見ていればわかる」

電話は切れた。

時間がなかった。とにかく、田中助役が一億円入りのボストンバッグを持って飛び出し、そのあとを、十津川の指示で、日下刑事が追いかけた。

第六章　時間との戦い

1

（時間との戦いだな）

と、十津川は、思った。

犯人は、今度の一億円の受け渡しについては、やたらと時間を気にし、しかも、せかしている。

明らかに、何かの時刻が迫っているのだ。

それが、何か、ということは想像できる。

犯人は前もって、東京駅のどこかに爆発物を仕掛け、それは、午後七時にセットしてあるに違いない。

金が手に入れば、犯人だって人は殺したくないだろう。だから、せかしているのだ。

十津川としては、一刻も早く犯人を逮捕し、同時に、駅のどこかに仕掛けられた爆発物も、取り除かなければならない。そして、島田かおるを助け出すのだ。

情報は、一度に十津川の手元に集まってきた。

幸い、亀井も、戻って来たので、二人でその情報の整理にあたった。

最初の情報は、国鉄平塚駅から届けられた。

改札掛の駅員が、ルイ・ヴィトンのボストンバッグを持ってL特急「踊り子13号」から降りてきた乗客を覚えていたのである。

「すごい美人だったんで、覚えているんです」

と、若い声が、電話でいった。

「L特急『踊り子13号』から降りたことは、間違いないんですか？」

十津川が確かめた。

「間違いありませんよ。グリーン車の切符でした」

「どんな女でしたか？」

「だから、すごい美人ですよ」

「具体的に話してくれないかな」

と、十津川は、苦笑しながらいった。よほどこの若い駅員にとって、印象が強かったのだろう。

「そうですねえ。背がすらりと高くて、色が白くて、いい感じなんですよ」

どうも、なかなか具体的にならない。

「じゃあ、年齢から聞きましょう。いくつぐらいですか？」

「二十四、五歳ってとこだと思いますよ」

やっと少し具体的になった。

「背の高さは？」

「一六五、六センチはありましたよ。ハイヒールを履いていて、僕より高かったから。僕は一七〇センチです」

「顔ですが、タレントの誰かに似ていますか？」

「ちょっと待って下さい」

「どうしたんですか？」

「どこかで見た顔だと思ったんですよ。それを今、思い出したんです。テレビで見たんだ。テレビです」

「何というテレビですか？」

「TSKテレビの深夜番組です。何という番組だったか忘れたけど、一カ月交代で、素人の女性をアシスタントに使う番組があるんです。そのアシスタントをやってたんです」

「司会者の名前は？」

「岩月《いわつき》けんじです。ご存じですか？」

「知っていますよ。それで、いつ頃、テレビで見たんですか？」

「先月の十日頃です」

「先月というのは間違いありませんね？」

「ええ、間違いないです」

「ありがとう」

と、十津川は、礼をいった。

清水が、すぐTSKテレビに、電話をかけた。

編成局長を呼び出して、番組のことをきいた。

「それなら、毎週月曜日と水曜日の午後十一時半からの『それゆけ岩月けんじ』でしょう。確かに一カ月交代で、素人のアシスタントを公募して使っています」

と、編成局長はいった。

「先月、アシスタントをやったのは、何という女性ですか？」

「名前は中井《なかい》明美《あけみ》です。公募千六百人の中から選びましてね。美人で、スタイルも抜群でした」

「年齢は二十四、五歳で、身長は一六五センチくらいですか？」

「ええ、二十四歳です。身長は一六六センチ、体重は五十キロ。バストなんかもいいますか？」

「それはいいですよ。住所を教えて下さい」

「目黒のマンションです。駅近くの『コーポめぐろ』の五〇七号室です」

「では、そちらに寄って、彼女の写真をもらって行きます」

清水はそういって、電話を切ると、すぐに部屋を飛び出して行った。

2

車と電話の情報も、ほとんど同時に、十津川のもとにもたらされた。

東京で、自動車電話に加入している者の名簿のコピーが、東京電話局から駅長室に届けられた。

もう一つは、東京都内でジャガーを扱っている自動車のディーラーからの回答だった。

ジャガーは、イギリスの高級車である。値段が高いうえに、西ドイツのベンツやポルシェ、あるいはワーゲンほど魅力がないのか、販売数が少ない。

犯人がいつ頃、購入したのかわからない。年式が不明だからである。それで、ここ十年間の購入者の名簿を提出してもらった。

その名簿と、自動車電話加入者の名簿とを照らし合わせて、両方に出ている名前があれば、それが犯人か、犯人に車を貸した人間ということになる。

十津川は、その作業を二人の助役にやってもらった。

その結果、一人の名前が浮かび上がった。


〈金沢善明《かなざわよしあき》〉


である。

去年の十月に、白いジャガーのＸＪ12Ｌという最高級車を、千二百万円で購入していた。

自動車電話に加入したのは、その一カ月後である。

住所は、高級住宅地として有名な田園調布で、職業は、「金沢興業社長」となっている。

十津川は、自動車電話のほうにかけてみた。

相手が出れば、その声によって、犯人かどうかわかると思ったのだが、相手は出なかった。

十津川は、西本刑事を呼び、田中刑事と二人で、田園調布の金沢邸を訪ねてみてくれといった。

実業家に思える金沢善明と、中井明美が、どこでどう結びつくのか。さらに、毒殺された春日敏彦と、どうつながるのか。そこが問題だなと、十津川は思った。

一方、東京駅構内で、爆発物を探す作業も、根気よく続けられていた。

その気になれば、仕掛けておく場所は、いくらでもあった。

まず考えられるのはコインロッカーだが、これだけでも、東京駅には四千五百七十八もあるのだ。しかも、金を入れさえすれば、誰でも利用できるのである。

昔は、時限爆弾というと、耳を近づければ、コチコチと時計の音が聞こえたものだが、今は、クオーツ時計を使えば、音もしない。

次に考えられるのは、屑物入れである。紙袋に時限爆弾を入れて、そのまま屑物入れに放り込めば、誰も気がつかないだろう。

この屑物入れが、東京駅には、六百八十二個置いてある。

トイレにも、隠す場所はありそうである。トイレは、東京駅には、地上と地下を合わせて、十五カ所ある。

このうち、職員用を除いた乗客専用は十一カ所である。爆発物を隠すとすれば、男性用の個室と、女性用トイレだが、これが百四十五ある。

警官、職員、公安官たちは、四千五百七十八個のコインロッカーを全部あけて調べ、ホームや待合所などに置いてある六百八十二個の屑物入れを、引っくり返して調べた。

十一カ所のトイレも調べた。

だが、爆発物は見つからなかった。

3

田中内勤助役と日下刑事は、一八時二五分の中央線の快速に乗ることができた。

しかし、どの車両も混んでいて、座ることもできないし、窓の外をよく見ることも、できない。

二人は、最後尾の車両まで行き、車掌室へ入れてもらった。

走り出した快速の中で、田中と日下は、右手の窓から外を見た。

「どこで、犯人は指示してくるつもりでしょうか？」

田中助役がきくが、日下にも見当がつかなかった。

二人で眼をこらすのだが、いっこうに指示らしきものは見えなかった。

五分で御茶ノ水に着いた。

「あれだ！」

と、突然、日下が、遠くに見えるビルを指さした。

七階建てのビルの屋上から、いわゆる「ふんどし」と称される大きく長い布が下がっていて、それに文字が書いてあった。

〈右手の旗のところで、一億円落とせ〉

と、書いてある。

「旗というのは、何の意味でしょうか？」

田中が疑問を投げかけているうちに、二人を乗せた快速電車は動き出していた。

この辺りは複々線《ふくふく》である。

スピードがあがっていく。

電車は土手の上を走り、その下に釣堀が見える。

突然、線路の脇に、小さな白い旗が立っているのが見えた。

「旗ですよ！」

と、田中が叫び、車掌室の窓から、一億円の入ったルイ・ヴィトンのボストンバッグを投げた。

日下は、うしろの窓から、線路上に落ちたボストンバッグを見つめた。

白い旗のところから、男が一人現われ、線路を渡って、ボストンバッグに近づくのが見えた。

眼をこらすのだが、男の姿は、どんどん小さく遠ざかっていく。

「停めて下さい！」

と、日下が、車掌に向かって叫んだとき、電車は、あっという間に駅を通過した。

「今の駅は？」

「市ケ谷《いちがや》です。快速だから、停まりませんよ」

車掌は、怒ったような声でいった。

（畜生！）

と、日下は、心の中で叫んだ。だから犯人は、中央線の快速に乗れといったのだ。

「次の停車駅は？」

今度は、小声できいた。

「四ツ谷です。あと、二、三分で着きますよ」

と、車掌が答えた。

四ツ谷までの二、三分が、やけに長く感じられた。

四ツ谷に着くと、日下と田中は、ホームに降りた。

「田中さんは、東京駅に連絡して下さい」

と、日下は、田中にいった。

「あなたは、どうするんです？」

「間に合わないでしょうが、車で引き返してみます」

日下はそれだけいい、階段を駈け上がって改札口を出た。

大通りへ出ると、手をあげてタクシーを停めた。

乗ってから、運転手に警察手帳を見せた。

「市ケ谷へ行ってくれ。急ぐんだ！」

「何か事件なんですか？」

「大事件だ！」

と、日下は、怒鳴った。

タクシーは外堀《そとぼり》通りを、市ケ谷方向に向かって走り出した。

市ケ谷に着いた。

駅の近くで停めて、日下はタクシーを降りた。急いで十津川に知らせた。

釣堀が、眼の前に見える。

もう客の姿はない。

周囲は暗いが、近くのビルの明かりなどがあって、ぼんやりと見える。

線路脇の白い旗は、まだ立っていて、それが日下を馬鹿にしているように見えた。

釣堀の従業員は、釣道具を片付けているところだった。

日下は警察手帳を見せて、

「向こうに白い旗が立っているね」

と、土手の方を指さした。

若い従業員は、「あれ！」と声をあげた。

「誰が、あんなところに旗を立てたんだろう？」

「気がつかなかったのか？」

「ええ、ぜんぜん」

と、頼りなかった。

「じゃあ、今から十二、三分前に、ルイ・ヴィトンのボストンバッグを提げて、この釣堀を出て行った男は、覚えているかね？」

「ああ、それなら覚えてるよ」

「いつ頃、ここへ来たんだ？」

「六時半頃じゃないかな。もう終わりだといったんだけど、中に入って、この辺りの写真を撮りたいんだといって、一万円くれてね。ま、ご自由に撮って下さいと、いったんですよ。釣堀の中には、別に盗られるものは、何もありませんからね。あそこに旗を立てたのは、あの人だったんですか？」

「多分ね。ここを出てから、どこへ行ったかわからないかな？」

「そこまでは見てませんよ。こっちも、いろいろと忙しいですからね」

「車に乗って、どこかへ行きましたよ」

と、奥にいた男が、いった。

「どんな車？」

日下がきいた。

「白い車だよ。どこへ行ったかは、わかりませんね」

「英国のジャガーという車じゃなかったかな？」

「おれは、車はくわしくないから、わからないね」

「大事なことなんだがね」

と、日下は、いった。もし、その車が白のジャガーなら、犯人は、十津川のいった金沢善明という男である可能性が、強くなっているのだ。

「どこかに、車の写真がのってる雑誌があったろう」

と、最初の男がいい、隅に積まれた雑誌を引っかき回していたが、その中から車の専門誌を取り出した。

各国別の写真がのっている。

「ちょっと貸してくれ」

と、日下は手に取った。

相手に予断を与えて、ジャガーを示してもらっても仕方がない。

日下は、車の名前のところで手で隠して、相手に見せた。

男は写真を、いくつも、ためつすがめつしていたが、

「この車ですよ」

と、ジャガーを指さしてくれた。

「ありがとう」

と、日下はいった。

4

清水は、TSKテレビで中井明美の写真を借り、タクシーで目黒に向かった。

テレビ局の編成局長がくれたのは、顔写真と、選考のときの水着写真の二枚である。

確かに美人だし、それに、魅力的な肉体をしている。

この女が共犯者だとしたら、主犯は、一億円を欺し取られても疑わないだろうし、もう一人の春日敏彦が、毒入りの缶ジュースで殺されたのも納得できる。

男は甘いものだ。

たいていの男が、女の外見に欺される。美人なら、頭もいいし、性格もいいと錯覚してしまう。

国鉄の目黒駅前で、タクシーを降りた。

白金台のほうへ少し歩いたところに、「コーポめぐろ」の洒落《しやれ》た建物があった。

今、流行《はやり》のタイル張りのマンションである。

清水は入口を入って行き、ずらりと並んだ郵便受けの五〇七のところを見たが、そこに、名前は出ていなかった。

清水は管理室をノックして、警察手帳を示し、中井明美のことをきいてみた。

「中井さんなら、先月の末に、急に越していかれましたよ」

制服姿の管理人は、ニコニコしながらいった。

「このマンションは、賃貸なのかね？」

「そうです。部屋代が二十万ですから、普通のサラリーマンの方は、ちょっと無理でしょうね」

「なるほどね。中井明美というのは、この人だったろうね？」

念のために写真を見せると、小柄な管理人は、いっそう、ニコニコした。

「そうです。この人です。きれいな人で、テレビにも出ていたんですよ」

「どこへ引っ越したか、わからないかね？」

「それが、ぜんぜん、わかりません」

「どこかの運送会社に頼んだんだろう？　その会社がわかれば、引っ越し先もわかるんじゃないかね？」

「ところが、違うんです」

「どう違うんだね？」

「中井さんは、大きなスーツケースを二つだけ持って、出て行ったんです」

「しかし、家具は、どうしたんだ？」

「ほとんど売り払ってから、出て行かれたんですよ。急いでいるとみえて、ずいぶん安く売ってしまわれましたよ。私も、テーブルを一つ、千円で売ってもらいました。なんでも、十万円で買ったものだそうです」

「引っ越すとき、誰か、迎えに来たかね？　自分でタクシーを呼んだのかね？」

「男の人が迎えに来ていましたよ。車で迎えに来て、二つのスーツケースは、その車に積んで行かれたんです。私もお手伝いしました」

「どんな男だったね？」

「中年の紳士といった方でしたよ。うすいサングラスをかけて、仕立てのいい背広を着ていましたね」

「前にも、彼女を訪ねて来たことがあったかね？」

「そういえば、前にも見かけたことがありましたね」

「男が乗ってきたのは、外国の白い高級車じゃなかったかね？」

「いえ。普通のライトバンでしたよ。乗用車じゃ、あの大きなスーツケース二つは入らないんじゃありませんか」

「その男だが、もう一度会えばわかるかね？」

「管理人の仕事の一つは、来客の顔を覚えておくことなんですよ」

「それを聞いて安心したよ」

と、清水はいった。

5

西本と田中の二人の刑事は、田園調布に出かけた。

駅前から静かな並木通りが続き、その両側は、塀をめぐらせた邸宅が並ぶ。

門柱に表札を出していない邸があって、金沢の名前は、なかなか見つからなかった。

西本たちは、駅前の派出所できいてみた。

若い警官は、二人とも本庁の刑事が来たことで、すっかり緊張し、かしこまりながら、地図で調べてくれた。

「金沢善明という人が住んでいたのは、この家ですが、今は違う人が住んでいますね。吉田《よしだ》というパチンコ店の経営者です」

と、警官はいった。

「金沢は、その人に邸を売ったのかな？」

「それは、わかりませんが」

「ありがとう。行ってみるよ。案内はいい」

西本はそういい、田中と二人で、教えてもらった邸へ足を運んだ。

なるほど、「吉田」という表札が出ていた。

二人が案内を乞い、中へ通してくれたのは奥さんだった。

四十歳くらいで、和服の似合う女性だった。

「私どもでは、金沢さんから、この家を買ったんじゃないんです」

と、彼女は、紅茶をいれてくれながらいった。

「といいますと？」

「この近くの不動産屋さんから買ったんです。そのとき聞いたんですけど、前に住んでいらっしゃった金沢さんは、なんでも、事業に失敗して、その穴埋めにこの家を安く手放したんだそうですね。そのとき主人は、他人事《ひとごと》じゃないなと申しましたの。今は、いつ倒産するか、わからない時代ですものね」

「金沢さんが、今、どこに住んでいるか、わかりませんか？」

「さあ、私どもにはわかりませんわ。駅前の不動産屋さんなら、知っているかもしれませんが」

彼女は、その店を教えてくれた。

西本と田中は、すぐ、「第一不動産」というその店へ廻ってみた。

かなり大きな店である。

七十歳近い社長の久野《ひさの》に会った。

「ああ、吉田さんに、あの家をお売りしたのは、うちですよ」

と、久野は、大きな身体をゆするようにしていった。

「前の持ち主の金沢さんから、買われたそうですね？」

「いや、正確にいうと、あの家は、M銀行の抵当に入っていましてね。銀行が競売にかけたとき、うちが買っておいたんですよ。値段ですか？　まあ、三億円前後ということにしておいて下さい」

「金沢さんは、事業に失敗したそうですね？」

「私は、景気のいいときから知っていますがね。新しい事業に手を出して、失敗したと聞いていますよ。景気のいいときは、那須《なす》に別荘も持っていらっしゃったようですが、無一文になったそうですよ。別荘も手放してね。お気の毒とは思っても、どうしようもありませんわ」

久野は肩をすくめた。

「今、金沢さんは、どこで、何をしているかわかりませんか？」

田中がきいた。

「それが、わからんのですよ。新宿で見かけたという人もいるんですが、確かじゃありません。ガッツのある人ですから、きっと立ち直ると思っていますよ」

心からそう念じているというのではなく、型どおりの言葉という感じだった。

「金沢さんの家族は、どうなっているんですか？」

「確か、小学校に行っている男の子もいたはずですが、離婚してしまって、奥さんと子供は、大阪の実家へ帰ったと聞いていますよ」

「原因は、事業の失敗ですか？」

西本がきくと、久野はニヤッと笑って、

「金沢さんの浮気ですよ。若くして成功して、金が入りましたからね。何度も浮気するので、奥さんも嫌になってしまったんでしょうが、今になってみると、早く別れてよかったと思っているかもしれませんよ」

「金沢さんの会社は、何をやっていたんですか？　金沢興業となっていますが」

「ＩＣを使った娯楽機械の製造、販売ですよ」

「テーブル麻雀とか、トランプゲームとかのテレビゲームですか？」

「ええ。一時は工場まで持って、いくら作っても売れると、えらい威勢だったんですが、取締まりなんかもあって、じり貧になってしまったようですよ」

西本は、犯人が時限爆弾を作れたのは、このせいだったのかと思いながら、

「金沢さんの写真はありませんか？」

「いや。持っていませんな」

久野は、また肩をすくめた。

「新聞社にあるかもしれないよ」

と、田中が、小声で西本にいった。

「新聞社？」

「新聞社は、年鑑に有名人の名前を入れるんで、写真や略歴を保管しているんだ。金沢善明も、成功しているとき年鑑にのっていたかもしれない。おれが新聞社に寄ってみるよ」

6

警官や駅員、それに、公安官たちは疲れていた。

駅構内の探すべきところは、すべて探したはずなのに、まだ、爆発物が見つからないからである。

すべてのコインロッカー、すべての屑物入れ、そして、すべてのトイレを調べた。

駅構内には、食堂、喫茶店、洋品店、宝石店など、いくつもの店舗が入っている。その他に、大丸デパートがあり、東京温泉がある。

それらの店に、犯人が爆発物を仕掛けたことも考えられたから、一軒ずつ調べてみた。

だが、どの店にも爆発物はなかった。

十津川と北島は、何度も腕時計に眼をやった。

まもなく七時になる。

十中八九、午後七時に、爆発時刻はセットされているだろう。

「犯人は、一億円を受け取ったんだから、どこに仕掛けたか、教えてくるんじゃありませんかね？」

北島は落ち着きを失って、また、駅長室の中を歩き廻っていた。

「電話してくると思いますが、できれば、その前に見つけたいんです」

「しかし、いくら探しても見つからないんでしょう」

「あと九分しかありませんね」

「本当に、前もって仕掛けてあるんでしょうか？」

「おそらく、そうだと思います。そうでなければ、おかしいんです」

十津川がいったとき、電話が鳴った。

北島が飛びついた。

「私だ。北島だ」

「何をあわててるんだ？」

「一億円は、手に入れたんだろう？」

「ああ、もらったよ」

「それなら、どこに爆発物を仕掛けたか、教えたまえ」

「もう見つけたと、思ったんだがね」

「見つけてないから、どこなのか、きいてるんだ」

「猫と一緒だ」

「猫？　何のことだ。ふざけないでくれ。爆発して死人が出たら、どうするんだ？」

「猫だ。猫を探してみろ。優秀な警官が一緒なんだろう？　考えてみるんだな。あと七分しかないぞ」

「もし、もし」

もう電話は切れていた。

北島は、蒼い顔で十津川を見た。

「聞きましたか？」

「聞きました。やはり、午後七時にセットされているんですね」

「しかし、猫って、何でしょう？」

「わかりませんが、東京駅に猫はいるんですか？」

「ええ、野良猫が駅の構内に住みついています。正式に数えたことはありませんが、五、六十四はいるんじゃないですか」

「違いますね。野良猫に、ダイナマイトをくくりつけたって、どこへもぐりこんでしまうかも、わからないんだから」

「時間がありませんよ」

「構内に、猫の置物はありませんか？」

「財界人から贈られた丹頂鶴の置物はありますが、猫の置物なんかありません。どうしますか？　構内放送で、お客を避難させますか？」

「どこにセットされているのかわからないで、やみくもに放送したら、かえって危険ですよ」

「しかし、早くしないと――」

「野良猫の他に、構内で猫がいるところは、どこです？」

「そんなものはありませんよ。デパートで犬や猫の仔を売っていますが、デパートは、六時で閉まっています」

「地下の名店街では？」

「売っていません」

「ちょっと、待って下さいよ」

と、十津川は、急に眼を光らせて、

「前に、週刊誌で読んだんですが、忘れ物の中には、動物もいるそうですね？」

「ええ、犬もいます。蛇のときは困りましたよ」

「すぐ、遺失物取扱所へ連絡して、猫の忘れ物がないか、きいて下さい」

十津川がいい、北島が連絡した。

「あるそうですよ。今日の忘れ物で」

北島が、蒼ざめた顔でいった。

十津川は、「梅の間」で待機している爆発物処理班の津曲に向かって、

「行きましょう」

と、いった。

忘れ物承り所（遺失物取扱所）は、幸い、駅長室から近い丸の内南口にある。

二人は駈けた。

取扱所では、キャップの横井《よこい》が、十津川たちを待っていた。

「電話でいったのは、これですよ」

と、この道数十年の横井は、大きなバッグを、十津川たちの前に置いた。

十津川は、変な顔をした。

「これは、ルイ・ヴィトンのボストンバッグじゃありませんか？」

と、いった。

横井は笑った。

「一見すると、そう見えるんですが、これが、猫を入れておくバッグなんです」

横井がバッグの横を見せた。そこには、息抜きのための窓が開いていて、中にいるシャム猫が見えた。

（ルイ・ヴィトンは、こういうものも売っているのか）

と、思いながら、

「多分、底が二重になっていて、爆発物がセットしてあるんです」

と、津曲にいった。

津曲は、シャム猫を外へ出すと、ナイフでバッグを引き裂いた。

「二重底で爆発物がありますよ。みんな、退《さが》っていて下さい」

津曲は、十津川たちを、取扱所から離れさせると、自分一人が中に入って、爆発物の処理に取りかかった。

「大丈夫ですか！」

十津川が、大声でいうと、

「簡単な仕掛けだから、大丈夫ですよ！」

という大きな声が、返ってきた。

十津川は身を伏せて、腕時計を見た。

もう午後七時だ。

だが、爆発は起きない。

津曲が、のっそりと遺失物取扱所から出て来た。

「終わりましたよ」

と、十津川にいった。

7

急に十津川は、身体がふるえるのを感じた。

いつの間にか、北島駅長も来ていたが、その顔にも、喜びの色よりも疲労の色が浮かんでいた。

「とにかく、よかった」

と、北島はいった。

十津川は、自分を励ますように、自分の頰を叩いた。

「これから反撃します」

と、十津川は、北島にいった。

「もう爆発物が、構内のどこかにセットされているというようなことは、ないでしょうね？」

北島は、そういいながら、周囲を見廻した。

「まず、ないと考えていいと思います。犯人の目的は、第一に金であって、東京駅を爆破することじゃないでしょうからね」

「一億円、いや、二億円は取り戻せますか？」

「取り返しますよ」

十津川は、確信を持っていった。

二人が駅長室に戻ってすぐ、清水が戻ってきた。

中井明美のことを報告し、彼女の写真二枚を、テーブルの上に並べた。

「現在、どこにいるのか、まったくわかりません。金沢善明と、はたして結びつくのかどうかも不明です」

「美人だね」

十津川は、感心したようにいった。

続いて、西本と田中の二人が、報告のために駅長室へ入ってきた。

金沢善明という男が事業に失敗して、田園調布の邸を手放したこと、妻子とも別れ、現在、行方がわからないことなどを、西本が説明した。

「それで、金が要ることになったのか」

十津川は小声で呟き、自分で肯いた。

田中は、新聞社に寄って、金沢善明の写真と、略歴を書いたメモをもらってきていた。

(この男か)

十津川は、じっと金沢善明の写真を見た。

「その写真を、目黒のマンションの管理人に、見てもらおうと思います」

と、清水がいった。

管理人が、引っ越しを手伝いに来た男と同一人だと証言すれば、この男と中井明美とが結びつくのだ。

「行ってきたまえ」

と、十津川は肯いた。

清水が出て行くのと、ほぼ入れ違いに、日下が帰って来た。

「申し訳ありません。犯人を捕まえられずに、一億円を取られてしまいました」

と、日下は、十津川と北島に、頭を下げた。

「そのことは、先に帰った田中助役から聞きました。仕方がありませんよ」

北島が、なぐさめるようにいった。

「犯人は、抜け目のない奴です。私と田中助役を、中央線の快速に乗せましたからね。市ケ谷駅の手前で、一億円入りのルイ・ヴィトンのバッグを投げさせて、こちらは、すぐ電車を降りて犯人を追いかけたんですが、快速なので、市ケ谷は停まらないんです」

「ビルに、垂れ幕が下がっていたそうだね？　田中助役が、そういっていた」

「そのビルにも、行ってきました。週休二日の会社が入っているビルなので、今日は、誰もいないんです。犯人は、非常階段を昇って屋上に行き、垂れ幕をたらしたんだと思います」

「なるほどね」

「遺失物取扱所に、爆発物があったそうですね？」

と、今度は、日下のほうからきいた。

「それも、ルイ・ヴィトンの、猫を入れておくバッグの中にだよ」

と、十津川は、笑ってから、

「猫をただ置き去りにしたのでは、野良猫と区別できない。遺失物法という法律によると、逃げた家畜は遺失物だが、今いった理由で、猫だけでは駄目なんだ。ところが、かごとか旅行用の猫のボストンバッグに入っていると、これは家畜だから、遺失物になり、遺失物取扱所に保管されるんだ。犯人はきっと、そこまで考えたのさ。今日の午後、丸の内南口に放置して、取扱所に届くようにした。二重底に、午後七時に爆発するようにセットしたダイナマイトを入れておいてね」

「抜け目のない男ですね」

「そういう男を相手にしているんだ。これから、犯人を追いつめるぞ」

十津川は、日下や西本たちを励ますようにいった。

ただ一つ問題なのは、島田かおるという女のことである。

犯人が連れ去ったことは、まず間違いないだろう。

下手《へた》をすると、犯人は足手まといになる彼女を殺しかねない。

8

清水刑事から、連絡が入った。

「今、『コーポめぐろ』の管理人が証言してくれましたよ。中井明美が引っ越すとき、手伝いに来た中年男は、金沢善明です」

清水は、興奮した口調でいった。

「これで、金沢と中井明美とが、結びついたな」

「そうです。あとは、この二人を捕まえることです」

「まだ白のジャガーに乗っていると見て、その旨、パトカーに連絡してもらおう」

と、十津川はいった。

パトカーには、白いジャガーが走っていたら、すぐに連絡するようにという指示が出た。

改めて、北島駅長を議長として、国鉄側からは助役たちと三沢公安室長が、警察側からは十津川と亀井が出席して、会議を開いた。

場所は、やはり「梅の間」である。

十津川が、金沢善明と中井明美の名前をあげて、この二人が、今度の事件の犯人である可能性があるといった。

金沢と明美の写真がコピーされて、出席者に配られた。

全員が、「この男と女が」という顔で、コピーを見ている。

「私は、犯人を一刻も早く逮捕するつもりで、全力を尽くします。二億円という大金を取り戻すためであり、連れ去られたと思われる島田かおるという女性を助け出すためです」

「その女性が殺されることも、十分に考えられるんですね？」

北島がきいた。

「犯人が逃亡を考えると、足手まといだし、顔を見られているので、殺すでしょうね。私は、その前に捕まえたいんです」

「しかし、どうやって捕まえるんです？　どこにいるかもわからんのでしょう？」

皮肉ないい方をしたのは、三沢だった。

「確かに、犯人が今、どこにいるか、わかっていません」

十津川は、素直に認めた。

だが、十津川の表情が、さほど険しくないのは、すでに犯人を追いつめているという確信があったからだ。

金沢善明が、今度の事件の主犯であることは、まず間違いないと、十津川は思っている。

中井明美は共犯者だろう。今までわかっている他にも、共犯者がいるのかどうかはわからないが、残りの人物の影が浮かんでこないところをみると、いないと見たほうがいいのではないか。

春日敏彦は、最初から、殺される予定だったに違いない。

十津川が、ただ一つ心配していることといえば、連れ去られた島田かおるの安否だった。

犯人たちは、用心深い人間に見える。春日敏彦を毒殺したのも、分け前を渡すのが惜しくてというよりも、口封じの意味が大きかったのだろうと、十津川は考えている。

すぐ傷害とか暴行事件を起こすような男は、信頼できなかったに違いない。

用心深い犯人なら、偶然、手に入った人質は、足手まといと考えて殺すより、万一のときの取引材料として、利用しようと考えるのではないか。

そうであってほしいと、十津川は考えていた。

十津川にわからないのは、日下が扱っている殺人事件との関係だった。上りの寝台特急「富士」の中で、渡辺という美術商が殺された。どうも、取引のもつれで殺されたように思える。

東京駅を脅迫した犯人とは、一見、何の関係もないように見えるのだ。

だが、渡辺の遺体と一緒に、霊安室に置かれていたルイ・ヴィトンのボストンバッグの中に、午後六時に爆発するようにセットされたダイナマイトが入っていた。

これは、どういうことなのだろうか？

首席助役の木暮が、あわただしく駅長室に入ってきて、

「新聞記者たちが、霊安室の爆発と構内の異常な警戒のことで、質問したいといっていますが、どうされますか？」

と、北島にきいた。

北島が、十津川を見た。

「事実を話しますか？」

「話しましょう。犯人はわかっているといって、圧力をかけるんです。金沢善明が犯人であることは、まず間違いありませんから、彼の写真も公表します。写真のコピーは、すべての国際空港に電送して、国外への逃亡はできないようにします。これに

は、中井明美も手配しますが、記者会見では、彼女のことは、まだわからないことにしておきましょう」

「なぜですか？」

「彼女は、主犯の金沢に内緒で、最初の一億円を猫ババしてしまった疑いがあります。自分だけは手配されていないと思えば、ひとりで逃げ出す気になり、仲間割れが起きるかもしれません」

「しかし、そうなると、金沢が自棄《やけ》を起こしませんか？」

「一億円も持ってですか？　そんな男じゃありませんよ。圧力をかければ、取材を申し出てくる可能性があります。島田かおるの生命《いのち》を賭けてです。そうすれば、彼女を助け出すチャンスが生まれます」

と、十津川はいった。

第七章　成田空港

1

その日の午後八時に、記者会見が行なわれた。

場所は、東京駅の「梅の間」である。

重要な発表があると予告され、また、霊安室の爆発という事件があったので、「梅の間」には、各社の記者やテレビ局の報道陣も、押しかけてきた。

最初に北島駅長が、事件の概要を説明した。

人命が危険にさらされたので、やむなく犯人の要求に従ったこと、支払った金額は、一億円を二度、合計二億円であることを話した。

続いて十津川が、犯人について、警察としての考えを述べた。

「白塗りのジャガーと自動車電話の登録から、この事件の犯人は金沢善明、五十二歳であることに、確信を持っています。金沢興業の社長で、住所は田園調布ですが、今は別の人間が住み、金沢は所在が不明になっています。金沢興業というのは、ＩＣを使った娯楽機械の製造販売をしていた会社ですが、倒産して、負債をかかえています。そのために、今回の犯行に走ったものと思われます。すでに、空港、駅などに手配をすませているので、もう逃がしはしません」

十津川は、金沢善明の顔写真を、記者たちに配った。

「共犯者はいなかったんですか？」

記者の一人が、きいた。

「春日敏彦。傷害などの前科のある男ですが、すでに毒殺されています。毒殺したのは、金沢でしょう。利用して必要がなくなったので、口封じに殺したものと思われます。そうです。湘南電車の車内で、死体で発見された男です。春日は以前、金沢の会社で働いていたことがあるので、そのときからの関係と思います。春日が殺されたことで、金沢善明には殺人容疑もかかっています」

十津川は、明美のことも、金沢に連れ去られたと思われる島田かおるのことも口にせずに、記者会見を了《お》えた。

この作戦が、はたして最善かどうか、十津川自身にもわからない。

十津川の推理どおりに、犯人たちが動くかどうか、わからなかったからである。

わからないといえば、日下刑事が追っている美術商殺しとの関係も、まだ不明のままだった。

午後九時前の民放テレビのニュースで、各局が記者会見のことを報道した。

九時には、ＮＨＫのテレビニュースが、この事件を、くわしく報じた。

犯人たちもきっと、このニュースを見たに違いない。

問題は、犯人たちがどう反応してくるかだった。

各地の空港には、刑事を張り込ませてある。

高速道路の各料金徴収所にも、刑事を張り込ませた。

それも、かなり大っぴらにである。犯人たちが、そこに刑事がいると気づいても構わないと、十津川は考えていた。

犯人たちを逮捕し、二億円を取り返すことも必要だが、同時に、島田かおるという女性を、無事に救い出さなければならないからである。

犯人たち、特に金沢善明に圧力をかけたかった。島田かおるの生命を賭けて、取引をしてくるように、持っていきたいのだ。

東京駅の「梅の間」を捜査本部に使わせてもらって、十津川や亀井たちは、そこに泊まりこむことにした。

東京駅を出る最終電車は、中央線の三鷹行きが零時三五分、京浜東北線の上野行きが零時五六分、山手線の品川行きが一時一分である。

こうした電車が出てしまうと、東京駅に、しばしの静寂が訪れる。

東京駅の各入口のシャッターがおろされる。

「ダンナさん」という愛称で呼ばれているホームレスも、彼の仲間も、一時的に駅の構内から外へ追い出されてしまう。

午前四時に、再びシャッターが開かれるまで、東京駅は眠る。

だが今日は、「梅の間」に、いつまでも灯《ひ》がついていた。

どの空港にも、犯人たちは現われなかった。高速道路の各インターチェンジでも、問題のジャガーは見つかっていない。犯人からの連絡もなかった。

「どう思いますか？」

静まり返った会議室の中で、北島が、十津川にきいた。

「金沢が犯人であるという確信はゆるぎません。多分、奴は、どこかにかくれて、これからどうしたらいいか、考えているに違いありません」

「島田かおるという女性は、まだ生きていると思いますか？」

「正直にいって、わかりません。こんなことは考えたくはありませんが、すでに殺されている可能性もゼロではないと思いますよ。ただ、これはいえます。もし今、彼女が生きているなら、金沢は絶対に殺しません。自分が逃げるために、人質が必要だと思っているに違いないからです。だから、助け出すチャンスは十分にあると、思っています」

「つまり、今、彼女が生きていることを、祈るべきだということですね」

北島は、本当に、祈るような顔になっていた。

2

「梅の間」に毛布を持って来てもらって、十津川たちは眠った。

駅長の北島も、今日は東京駅に泊まりこむ。

首席助役の木暮も、公安室長の三沢も同様だった。

十津川は、眠ったと思ったら、電車の音で眼をさました。

午前四時半を廻ったばかりだが、四時三五分発、高尾行きの中央線の始発が発車したのだ。

十津川は、今日が勝負だと思っていた。犯人のほうも、おそらくそう思っているだろう。

十津川たちは起き出し、顔を洗った。今日一日、忙しくなることだろう。

田中助役が、みんなにインスタントコーヒーをいれてくれた。

ブラックで二杯飲むと、十津川の眼もぱっちりしてきた。

東京駅を発車したり、停車する列車の数が、次第に多くなってきて、構内が賑やかになってくる。

犯人たちも、どこかで眼をさまして、これからどうしようかと考えている頃だろう。

各紙の朝刊が、「梅の間」に運ばれてきた。

十津川たちは、眼を通した。

事件のことが大きく出ている。一面に大きくのせている新聞もある。

社会面では、どの新聞も大見出しである。

金沢善明の名前と顔写真も、のっていた。

金沢も、この記事を読んでいるだろう。

問題は、金沢がどう対応しようとするかだ。

記事には、各空港、駅、港などに金沢善明を手配したとも、書いてあった。

これは、十津川が頼んで書いてもらったことだった。

これでも、なお金沢は、成田か大阪の空港から、海外へ逃げようとするだろうか？

(そんな自殺行為は、しないはずだ)

と、十津川は思う。

だが、こちらが考えているとおりに動くかどうかは、わからない。

午前七時になると、日本食堂から、「梅の間」に朝食が届けられた。

十津川や亀井は黙々と食事をすませたが、若い西本刑事たちは、

「腹がへっては、戦《いくさ》ができぬか」

などといいながら、箸を動かした。

気持ちに余裕があって、冗談をいっているわけではなかった。

彼らにも、今日が天王山になることはわかっていた。二億円という、とてつもない金額を取り返さなければならないし、島田かおるという女性の生命もかかっている。

そうした緊張から、少しでも逃れたいための冗談だった。

へたな冗談であることは、口にしている当人にもわかっているのである。だから、

当人も笑っていない。

午前十時半を過ぎて、最初の反応が成田空港で起きた。

中井明美が現われ、逮捕されたという知らせが入ったのだ。

彼女がパリ行きの航空券を持ち、エールフランスに乗ろうとして、逮捕されたとしか、わからない。

「カメさん。頼むよ」

と、十津川はいった。

「向こうの訊問に立ち会ってくれ」

亀井がすぐ、成田空港に向かった。向こうで中井明美を訊問し、金沢善明のこと、二億円のことを、聞き出さなければならなかったからである。

亀井は、パトカーのサイレンを鳴らして、成田空港に急行した。それでも、空港に着いたのは、十二時を過ぎていた。

亀井は、空港内の派出所で、中井明美に対面した。

写真では見ていたが、亀井が、中井明美に実際に会うのは、初めてである。

写真で見たとおり、なかなかの美人だった。

スタイルもいい。

旅なれた感じのラフな恰好をしていた。

「何をきいても黙秘です」

と、派出所の警官は、うんざりした顔で、亀井にいった。

「所持品は？」

「ハンドバッグと、大きな旅行用ケースが一つです」

「その中に、一億円は入っていなかったかね？」

「見つかりません。スーツケースの中身は、数着のドレスなどで、一億円はありません。所持金は、二十万円とドルが千ドルだけです。これは、ハンドバッグの中に入っていました」

「わかった」

と、亀井は肯き、奥の部屋で中井明美と向かい合った。

「私は捜査一課の亀井です」

と、丁寧にいった。

明美は、ちらりと亀井の顔を見たが、黙ったままだった。

「あなたの名前は、中井明美さんか」

亀井は、手元におかれた彼女のパスポートを開きながら、確認するようにいった。

「よく海外へ出ているんですねえ。羨《うらや》ましい」

「――」

「彼女は無事ですか？」

ひょいと、亀井はきいた。

明美は、虚を突かれたらしく、

「え？」

「島田かおるですよ。彼女は、まだ生きているんですか？」

「知りませんわ。そんな女性のことは」

明美は、姿勢を立て直そうとするように、強い口調でいった。

その口ぶりが、激しければ激しいほど、亀井は明美が、島田かおるのことを気にしていることを感じた。

「恐喝の手伝いぐらいなら、まだ罪は軽いが、殺人が重なると、刑務所からなかなか出られなくなる。私はね、あなたのような美しい人が、しわだらけの婆さんになるまで、刑務所の中で過ごさなければならないというのは、可哀そうで仕方がないんだ」

「なぜ私が、刑務所へ行かなければいけないんですか？」

と、明美は反発したが、その声は、明らかに怯えていた。

自分の若さと美しさに自信を持っているだけに、亀井の言葉が、胸に突き刺さったのかもしれない。

「われわれには、すべてわかっているんですよ。金沢善明がリーダーで、東京駅を爆破するといって、国鉄から一億円を脅し取った。あなたは、その一億円を、金沢から横取りしましたね。金沢は、あなたが猫ババしたとは思わず、国鉄が渡さなかったものと思いこみ、東京駅の霊安室を爆破して、また一億円を脅し取りました。霊安室を爆破したとき、何人かの負傷者が出ました。へたをすれば、死んでいたかもしれないから、これは殺人未遂です。それに、金沢はあなたに命じて、手先として使った春日敏彦を毒殺している。もう一つ、金沢は島田かおるという女性を連れ去ってもいる。これは、明らかに誘拐です。これでは、死刑はまぬがれない」

「――――」

黙っている明美の顔から、血の気が引いている。

「このままだと、あなたは金沢の共犯で、死刑にならないまでも、無期はまぬがれませんよ。あの冷たい鉄格子の中で、あなたは長い年月を送ることになる。もう旅行もできない。誰にも見られることもなく、老いていくんですよ」

「やめて！」

と、明美が、叫んだ。

派出所の警官たちがびっくりして、こちらを見たくらいだった。

「縁起の悪いことは、いわないでちょうだい。なぜ、私が、刑務所に行かなければならないの！」

「わかっているはずですよ」

と、亀井は、辛抱強く、穏やかにいった。

「わからないわ」

「多分、今日中に、金沢善明は動き出すと思います。島田かおるを人質にして、逃亡しようとするに違いない。そうなってからでは、われわれもあなたを助けられない。完全な共犯者として扱いますよ。それは覚悟して下さい。われわれにも時間がないが、あなたにも時間がないんですよ」

「警察が取引するの？」

明美は皮肉な眼つきをした。

「人命にかかわることなら、取引もしますよ」

と、亀井はいった。

明美は考えこんでしまった。今度は、たんなる黙秘ではなかった。

「金沢なんかに協力する必要はありませんよ。あなた自身が馬鹿を見るだけですからね」

亀井は追い打ちをかけるように、明美にいった。

3

午後一時に、東京駅にいる十津川のところに、一つの知らせが入った。

銀座四丁目にある小さな旅行社の営業部員からだった。

「今朝の新聞で見た金沢善明という人のことなんですが」

と、相手は、遠慮がちにいった。

「まず、あなたのお名前から教えて下さい」

と、十津川はいった。

「佐久間《さくま》です。社長が、警察に連絡したほうがいいと申しますので――」

「金沢について、何か知っているんですか？」

十津川はきいた。

「実は、昨日の午後、うちに男のお客さんが見えて、パリ行きの切符を買われたんです」

「金沢善明に間違いありませんか？」

「ええ。間違いありません。パスポートを見せてもらいましたからね。昨日はまだ、金沢という人のことが報道されていなかったので、受け付けてしまったんですが
――」

「いつの飛行機ですか？」

「今日の二一時のエールフランスです。パリ行きです。ヨーロッパを廻るといっていましたね」

「成田発が午後九時ジャストということですね？」

「はい」

「そちらへ来たとき、金沢は、どんな顔をしていましたか？」

「風邪をひいているといって、大きなマスクをしていました」

「一人で現われたんですか？」

「はい。一人でした。どうしたらいいんですか？」

「今は、そのままでいいんですよ。金沢を逮捕してから、証言してもらうことになるかもしれませんがね」

それだけいって、十津川は電話を切った。

時計を見る。午後一時十分を廻ったところだった。

十津川は、成田空港内の派出所に電話を入れ、亀井を呼んでもらった。

「そちらは、どうだね？」

と、十津川はきいてみた。

「まもなく喋ってくれそうですが、どこまで喋ってくれるか、わかりません。金沢は動き出しましたか？」

亀井が、きき返した。

「いや、まだだが、金沢と思われる男が、昨日の午後、銀座の旅行社にやって来て、パスポートを見せ、パリ行きの航空券を買ったことがわかったよ。今日の二一時のエールフランスだ」

「九時ですか」

「ヨーロッパのどこかに、姿を隠すつもりなんだろう」

「しかし、テレビや新聞が、彼のことを明らかにしましたからね。成田には現われないと思いますね」

「おそらくね。だが一応は、このエールフランス便をマークするように、みんなにいっておいてくれないか」

「わかりました」

亀井が肯き、十津川は電話を切った。

(やり方を間違えたかな?)

ふと、十津川は、自信を失いかけた。

金沢の名前を明らかにしたほうが、相手が追いつめられて、島田かおるを人質にして、取引を求めてくるだろうと読んだのである。

だが、昨日、パリ行きの切符を買ったとわかっていたら、マスコミに、金沢の名前は知らせず、成田空港に現われたところを逮捕したほうがよかったのではないか、という反省だった。

もう一つ、十津川を不安にさせたことがある。

金沢が銀座の旅行社に現われたとき、島田かおるが、どうなっていたのかということだった。

どこかに閉じこめているのならいいが、すでに殺してしまっているから、悠々と、銀座に出て来たのではあるまいか?

もしそうだとすると、十津川の立てた計画は、何の役にもたたなかったことになってしまう。

（島田かおるが、死んでいなければいいが）

と、十津川は、改めて思った。

4

「金沢が昨日、パリ行きの切符を買ったことが、わかったよ」

亀井は、中井明美にいった。

明美は黙っている。

「あなたとは、パリで、落ち合うことになっていたんだね？」

「――――」

「時間が切迫している。このままの状況で金沢が逮捕されてしまえば、あなたは無期懲役になる。それでいいのかね？　警察に協力する気にはならないかね？」

「どうすればいいの？」

明美が急に折れてきた。

「三つのことを、話してくれればいいんだよ。金沢は、今、どこにいるのか？　それと、島田かおるは、生きているのか死んでいるのか？　もう一つ、ニセ車掌は、どこの誰で、今、どこにいるのか？」

「女のことはよく知らないわ。金沢が、どうしても女を連れて来なくちゃならなくなったって、いってたけど、一緒にいなかったから、どうなってるのかわからないのよ」

「金沢が、今、いる場所は？」

「ちょっと待ってよ」

と、明美は、手をあげて、

「教えたら、私は釈放されるの？」

「法廷では情報酌量されると思う。私も、口添えすることは約束していいよ」

「それだけ？」

「それ以上のことはできないよ。しかし、無期懲役よりはいいんじゃないかな」

「わかったわ。あ、もう一つ、お願いがあるのよ」

「何だね？」

「私が裏切ったことは、金沢にはいわないでよ」

「しかし、すでに一億円のことで、一度、金沢を裏切っているのじゃないのかね」

と、亀井は苦笑してから、

「金が今、どこにあるか、それを教えたら、もっと情状酌量されることになると思うがね」

「今は、いえないわ」

「なぜだね？」

「刑事さんは情状酌量されるというけど、その約束が守られるかどうか、わからないじゃないの。だから、私の一億円は、いざというときの切り札にしておきたいのよ」

「なるほどね。頭がいい。とにかく、金沢の居所だけは、教えてくれないか」

「世田谷の駒沢×丁目の家にいるはずだわ。今度のために借りた家よ。地下室もある大きな家で、表札には鈴木と書いてあるわ」

「なぜ、鈴木なんだろう？」

「平凡な名前のほうが、目立たないと思ったんでしょう。車庫もあるわ」

「嘘はないだろうね？」

「ないわ」

「ニセ車掌は、誰で、どこにいる？」

「名前は梅田《うめだ》。金沢の下で働いていた男だわ」

「今、どこにいる？」

亀井がきくと、明美は小さく笑って、

「多分、もう殺されてるわ。金沢にね」

「殺されてる？」

「そうよ。金沢は、最初から、春日も梅田も、お金が手に入ったら、殺す気だったもの。あの二人を、分け前をやるといって、欺《だま》していたのよ」

「その金沢も、君には、まんまと欺されたわけだな？」

「私だって、いい思いはしたいわ」

「梅田という男は、平塚で降りたあと、東京へ戻ったんだな？」

「そうよ。ルイ・ヴィトンのボストンバッグに、古雑誌を入れて、持って行ったわ」

「君が、そうさせたのか？」

「梅田はね、私に気があったのよ。それに、金沢にいつも命令されていながら、心のどこかに、反発があったみたい。だから、すぐ、私のいうことを聞いてくれたわ」

「二人で、金沢を欺してやろうといったのか」

「まあ、そうね」

「そのくせ、君は金沢が梅田を殺すことを知っていたんだな？」

亀井がきく。

明美は、返事をしなかった。

5

亀井からの連絡で、二台のパトカーが、世田谷区駒沢に急行した。

新興住宅地の一角である。

一台のパトカーには、若い西本と清水の二人の刑事が乗っていた。
五、六メートル手前にパトカーを停めて、その家に近づいていった。
鈴木という表札がかかっている。しかし、車庫に車はなかった。

あの白いジャガーが見当たらないのだ。

西本と清水は、顔を見合わせた。

「逃げられたかな？」

西本は、小声でいう。

「とにかく、中に入ってみよう」

清水がいい返し、二人は、門の鉄柵を乗り越えた。

他に二人の刑事が、裏口に廻った。

玄関の扉には、錠がおりていた。

西本が庭に廻り、窓ガラスを割って窓を開けた。

身軽く、窓から家の中に滑りこんだ。

続いて清水も入ってきた。

「人の気配がないな」

と、西本が、小声でいった。

廊下を歩きながら、一つ一つ部屋をのぞいていったが、どの部屋もからっぽだった。

清水が裏口の扉を開けて、他の二人の刑事も、家の中に入ってきた。

二階にも、誰もいない。

最後に、西本は、清水と地下室へ降りていった。

ひょっとすると、そこに島田かおるの死体が横たわっているのではないかと、緊張しながら階段を降りたのだが、地下室にあったのは、こわれた家具だけだった。

再び一階の居間に戻った。

どの部屋にも、これといった調度品がなく、がらんとしているのは、金沢にとってこの家が、仮の宿だったからだろう。

西本は、居間にあった電話で、東京駅にいる十津川に連絡をとった。

「家は見つかりましたが、金沢もジャガーも見つかりません」

と、西本はいった。

「島田かおると一億円は、どうだ？」

「どちらも見つかりません」

「すると金沢は、島田かおると一億円を乗せて、逃げ出したのかもしれんな」

「そう思います」

「まだ午後三時だ。それに、テレビや朝刊で、彼の名前は大きく報道されているから、のこのこ成田空港へは現われないだろう。となると、国内のどこかへ車で逃げていることになるが」

「白いジャガーを手配して下さい」

「わかってる」

と、十津川はいった。

西本が電話を切ったとき、外に停めてあるパトカーから、運転手の警官が飛んで来た。

「司令センターから、連絡が入ってます！」

と、庭から怒鳴った。

「どんな連絡だ？」

「首都高速で、手配中の白いジャガーを発見したという連絡です」

「首都高速のどこだ？」

「羽田空港へ行く途中です」

「成田じゃなくて、羽田か」

西本たちは一斉に飛び出すと、パトカーに駈け戻った。

今頃、他のパトカーが追いかけているだろうが、行ってみなければならない。

「海外へ出られないとわかって、北海道か沖縄へでも、飛ぶつもりだろう」

パトカーに戻ってから、西本がいった。

パトカーが走り出す。

「与那国《よなぐに》島へ行けば、台湾も目と鼻の先だ。船で密航もできるよ」

と、清水がいった。

6

羽田空港へ向かう首都高速で、パトカーの一台が、白いジャガーに追いついた。

助手席の警官は、じっとジャガーのナンバーを見つめて、間違いないことを確かめてから、司令センターを呼んだ。

「こちら警視九八号。手配中の白いジャガーを発見しました」

――場所は、どこですか？

「羽田空港へ向かう首都高速です。大井《おおい》競馬場の近くです」

――誰が乗っているか、わかりますか？

「運転しているのは男です。その他はわかりません。どうしますか？　運転している男を逮捕しますか？」

――人質の女を乗せているかもしれないので、引き続き尾行して下さい。応援を差し向けます。

前を行く白いジャガーは、時速六十キロぐらいで走っている。

パトカーの警官たちも、そのスピードに合わせて尾行することにした。

気づかれてはいけないので、わざと、間に他の車を一台入れた。

「人質を乗せているらしい」

運転している警官に向かって、助手席の同僚がいった。

「人質と一億円か」

「人質は、後部座席に、縛《しば》って転がしてあるのかな」

「一億円は、トランクの中かな」

「羽田から、どこへ逃げるつもりだろう？」

「逃げられやしないさ。今頃、空港派出所の警官たちが、空港入口で待ち構えているだろうからね」

「うしろに、一台、パトカーが、ついてきたぞ」

と、一人が、バックミラーに眼をやった。

羽田空港に近づけば、もっとパトカーの数は増えてくるだろう。

「いったい、奴は、どこへ逃げようというんだろう？」

運転している警官が首をひねったとき、前方を行くジャガーが急に、左右に蛇行しはじめた。

「何をしてるんだ？」

「酔っ払ってるのか？」

と、二人の警官が舌打ちをしている間に、ジャガーは斜めに走って行って、中央分離帯に激突した。

パトカーは、急ブレーキをかけた。

ジャガーが火を噴いた。

猛烈な炎が噴き上がる。

あちこちで急ブレーキの悲鳴が聞こえ、追突が起きている。

パトカーの警官二人は車から降りて、燃えるジャガーのほうへ近づいていった。

しかし、炎が激しくて、途中までしか近づけない。顔が熱くなった。

黒煙が、首都高速の上を蔽《おお》いはじめた。

警官はパトカーに戻ると、無線機で事態を知らせた。

「炎が強くて、車の中の人間を助けられない！」

と、警官は、大声でいった。

――運転していた男は車の中ですか？

「そうです。逃げ出してくる気配がありません。このままでは、間違いなく焼死してしまう。早く消防に来てもらって下さい！」

——すぐ連絡します。現場に待機していて下さい。

無線機を置くと、警官はまた、炎上を続けるジャガーに、じっと眼をやった。上にあがった黒煙が、ゆっくりと下がってきて、反対車線まで蔽ってしまい、そちらも、車が渋滞しはじめている。

なかなか消防車が来ない。

二人の警官は、パトカーから消火剤を持ち出したが、二本が空になっても、火は消えない。

消防車のサイレンの音が聞こえたが、いっこうに近づいて来る気配がなかった。渋滞に巻きこまれてしまっているのだ。

ふいに頭上に、ヘリコプターの爆音がした。

警視庁のヘリコプターである。

反対車線のほうから、やっと消防車が到着した。

化学消化剤の白い泡が、雨のように、燃えるジャガーに降り注いだ。車体は、たちまち泡に包まれ、火勢は、急速に弱まっていった。

耐火服に身をかためた消防隊員二人が、ジャガーに近づいて、運転していた男の救出にかかった。

7

「それで、容態はどうなんだ？」

と、十津川は、連絡してきた西本刑事にきいた。

「今、鶴見《つるみ》の救急病院ですが、火傷《やけど》の程度がひどいので、医者は、危険だといっています」

「金沢善明なのか？」

「それが、顔が焼けただれていて、はっきりしません。今、血液型を調べています」

「金沢の血液型は、わかっているのか？」

「調べました。金沢が、よくかかっていた医者に電話してききましたが、A型だそうです。えっ。ちょっと待って下さい」

西本がいい、すぐに電話口に戻ってきた。

「やはり別人でした。血液型はB型だったそうです」

「じゃあ、何者なんだ？」

「わかりません」

「燃えた車内に、島田かおるはいなかったのか？」

「いませんでした。乗っていたのは男一人です」

「一億円は？」

「リアシートでスーツケースが燃えつきていましたが、その中身が何だったか、今、科研が調べています」

「調べているというと、札束がないということかい？」

「そうです。本物の札束なのか、札束に見せかけただけの紙の束なのか、焼けてしまってわからないので、科研で調べているわけです」

「焼けた車は、どうだ？」

「これも調べています」

「君は病院に残って、問題の男が一言でも喋ってくれたら、名前と金沢善明との関係、それに、奴がどこにいるかを、きくんだ」

「わかりました。何かわかりましたら、すぐ報告します」

と、西本はいった。

十津川は、今の電話の内容を、北島駅長に伝えた。

「それでは、事故もトリックの可能性がありますね？」

と、北島がいった。

「その可能性が大いにあります。金沢が、自分に似た男をジャガーに乗せ、車に、時限爆弾を仕掛けたのかもしれません。金沢は、東京駅に時限爆弾を仕掛けた男ですから、車でも簡単だと思いますね」

「われわれに、死んだと見せかけておいて、自分はその隙に、逃げるつもりですかね？」

「そうでしょうね。金沢善明が、死んだということになってしまえば、逃げやすいですから」

「金沢は、今、どこにいると思われますか？」

「わかりませんが、今度の車の炎上は、金沢の最後のあがきだと思います。奴は、借りていた家を逃げ出し、愛用のジャガーを燃やしてしまいました。もう、われわれを誤魔化すものはなくなったと思います」

「それで、どうしますか？」

「また、記者会見をやりましょう。金沢の目算が外れたことを知らせてやるんです」

十津川は、北島と、記者会見を開くことにした。

事件の進展を気にしていた記者たちは、すぐに集まった。

十津川は、首都高速で起きた事故に触れて、これは、主犯の金沢善明が捜査の目をくらまそうとして、時限爆弾を仕掛けたものだと断定して、話した。

「従ってこれは、明らかに殺人です。トリックは子供だましで、われわれは、こんなことで、金沢善明が事故にあったなどとは思いません。それに、共犯の中井明美もすでに逮捕し、金沢が主犯であることを自供しています。奴は追いつめました。まもなく逮捕できるものと思っています」

「そんなに断定していいんですか？」

と、記者の一人が、不審そうにきいた。

普段の十津川は、どちらかというと、慎重なほうだからだろう。

「大丈夫です。まもなく逮捕します」

と、十津川は、重ねていった。

これで、テレビは夕刻のニュースで取り上げてくれるだろうし、新聞も夕刊の遅い版にのせるはずだ。

金沢は、必ず見る。自分が企《たくら》んだ自動車事故の結果を知りたいに違いないからである。

いつもの事件なら、十津川は、わざと欺されたふりをして、犯人を安心させる方法をとったかもしれない。

だが、今度の事件では、島田かおるという女性の生命がかかっている。すでに殺されているかもしれないが、今は、生きているものとして考え、彼女を人質として使うように仕向けなければならない。

午後五時を過ぎた。

もちろん金沢は、成田空港に現われなかった。

東京駅には、亀井が、成田から戻って来た。

「中井明美が持っていたと思われる一億円ですが、どこにあるのか、いいませんね」

と、亀井は、十津川に報告した。

「彼女は、今、どこだね？」

「警視庁に移しました。彼女は、一億円を最後の切り札にするつもりです」

「彼女も、なかなかの女だね」

と、十津川は笑った。

亀井は眉をひそめて、

「どうも、ああいう女は苦手です。好きになれません」

「しかし、カメさんのことだから、裁判になれば、彼女のために、一席、弁じてやるつもりなんだろう？」

「まあ、それは約束しましたから」

と、亀井はいってから、

「首都高速で火傷をした男というのは、いったい誰なんですか？」

「それがわからなくて、困っているんだ。殺された春日と、女の中井明美のほかに、
金沢の共犯者がいたことになるんだが、まったく捜査線上に浮かんでこないんだよ」

「しかし、まったく関係のない人間を、ジャガーには乗せられないでしょう？」

「だから、金沢と、何か関係がある人間ということになるんだがね」

十津川が考えこんだとき、電話が鳴った。

受話器を取った田中助役が、

「十津川さんに、西本刑事からです」

と、いった。

十津川が受話器を受け取ると、西本刑事の声が耳に飛びこんできた。

「男の名前がわかりました」

「本当か」

「さっき意識を取り戻して、自分の名前をいいました。ワカミヤです」

「ワカミヤ？」

「はい。それから、京都のコキといっています」

「何だい？　コキって」

「わかりません。それだけいって、また意識を失ってしまいました」

「京都のコキというところに住む、ワカミヤという男なのかね？　京都に、コキなんて地名があったかな？」

「私も考えてみたんですが、思い浮かびません」

「場所じゃないとすると、七十歳の古稀かな。しかし、そんな年齢《とし》の男じゃないんだろ？」

「全身火傷で、顔もよくわかりませんが、それでも中年の身体つきです。四十代じゃないかと思います。だから、金沢は、自分の身代わりにできると思ったんでしょう」

「京都のコキ――ねえ」

と、十津川は、受話器を持ったまま考えこんでいたが、急に眼を光らせて、

「どこかで聞いたことがあるぞ」

「何をですか？」

「君はそこにいて、ワカミヤという男が、また意識を取り戻すのを待って、金沢のこ

とを聞いてくれ」

十津川は電話を切ると、亀井に向かって、

「ジャガーに乗っていた男の名前がわかったよ。京都コキのワカミヤだ」

「コキって、何です？」

「日下刑事だよ」

「は？」

「彼が追っている事件のことさ。渡辺という美術商が、ブルートレインの中で殺されていた。容疑者一号が、京都の『古稀店』という古美術商の主人、若宮なんだ」

「ああ——」

と、亀井も、思い出して、

「そうでしたね。若宮という四十代の男だと、日下君に聞いたことがありましたよ」

「すぐ、彼を呼んでくれ」

と、十津川がいった。

8

日下が飛んできた。

彼は、京都「古稀店」の主人、若宮研一郎の顔写真を持ってきた。

金沢善明と似ていないこともないが、彼が、自分の身代わりにしようとしたのは、やはり、年齢がそう離れていないからだろう。

「しかし、二人が、どこでつながっているのか、わかりません」

と、日下は、首をかしげた。

「君にも、わからないのか？」

「はい」

「若宮研一郎のことは、捜査したんだろう？」

「重要容疑者ということで、一応、調べましたが、ほとんど、京都府警に委《まか》せて、若宮本人には、会っていないんです」

「今、若宮は、京都にいるのか？」

「いや、さっき確認したら、留守だということでした」

「じゃあ、ジャガーを運転していた男は、若宮の可能性があるわけだね？」

「はい。しかし、京都の若宮が東京へ来て、金沢のジャガーを運転していたのが、わかりません」

「そこだな。二人が、どうつながっているかだ。直接のつながりは見つからない。金沢のことは調べたが、京都の若宮という古美術商の名前は、浮かんでこなかった。ただ、ブルートレイン『富士』の寝台で殺されていた男を間に挟んで、結びつくんだよ」

「そうですね。殺されていたのは、渡辺という東京の美術商ですが、幻の百人一首の古文書を持って九州へ行き、その帰りに、『富士』の車内で殺され、古文書を奪われたと考えられます。その犯人と思われるのが、京都の若宮研一郎でした。ところで、殺された渡辺の所持品のボストンバッグが、あとで東京駅の霊安室で爆発しました。ここで、金沢と結びついてきます。しかも、爆発したルイ・ヴィトンのボストンバッグは、山本という秘書にいわせると、被害者の渡辺のものではありません」

「それを、どう考えるかだよ」

「こう考えたら、どうでしょうか」

と、亀井が口を挟んだ。

「カメさんの考えを聞こうか」

「金沢は東京駅長を脅して、一億円を強奪する計画を立てました。ただ、一億円よこせといっても、国鉄側が払うはずがない。脅しとして、東京駅のどこかを爆破する必要がある。といって、たくさんの死傷者が出てしまったら、国鉄側は硬化して、警察が出てくるだろう。金沢は、いろいろと考えたと思いますね。そして、霊安室を考えたに違いありません。あの部屋は厚い扉があるし、中には遺体しかない。あの中で爆発が起きても、人命が失われる心配はあまりないと考えたんでしょう。しかし、簡単に霊安室には入れない。死体、それも、東京駅管内で死ななければ、あの中には入れません。そこで、一つの方法を考えついた」

「東京駅に着く列車の中で誰かを殺し、その乗客の持ち物を、時限爆弾入りのものに、すりかえておく方法かね？」

「そうです。遺体と所持品は、一時、東京駅の霊安室に置かれますからね。しかし、どの列車でもいいわけじゃありません。東京駅が終着駅であることが、まず必要です。それから、途中で死体が見つかってはいけない。途中で、列車から降ろされてしまいますからね。となると、列車は限定されてきます。東京終着の寝台特急で、そのうえ個室寝台が、いちばんいいわけです。個室の中で殺されていれば、発見されるのは、間違いなく東京に着いてからです。それに、同じ個室にボストンバッグがあれば、誰でも、死んだ人間の持ち物だと思いこみ、一緒に霊安室に置いてくれますからね」

「それで金沢は、上りの『富士』の個室寝台に乗りこんだのか」

「そうです。1号車には、個室が十四あります。その中の誰を殺しても、よかったわけです。東京までの切符を買っている乗客ならば」

「続けてくれ」

「金沢は、かなり手前から、『富士』に乗ったと思います。殺すチャンスはたくさんあったほうがいいですし、上りの『富士』の名古屋着が五時六分です。夜が明けてきますから、他の乗客も起きてきて、ひそかに殺すことは難しくなるからです。金沢は、列車に乗ってから、ひそかに殺す相手を物色していたんだと思います。殺す相手は、東京まで乗って行く客でなければならないわけですが、これは車掌にきけば、わかります。それで、金沢は渡辺に目をつけたんだと思います。一方、同じ列車に乗っていた『古稀店』の主人・若宮は、渡辺を殺そうとして狙っていました。どの辺りで殺したのかわかりませんが、その瞬間を、金沢に目撃されたんだと思いますね。金沢にすれば、願ってもないことだったに違いありません。若宮は渡辺を殺しておいて、列車内に隠れたか、どこか途中で降りたと思います。そのあと金沢は、渡辺のスーツケースと、時限爆弾の入ったボストンバッグをすりかえたわけです。九時五八分に、『富士』は東京駅に着き、金沢の考えたとおり、渡辺の死体とボストンバッグは、東

すか？」
「そのとき金沢は、犯人の若宮のことを覚えていて、今度は、利用したというわけで
京駅の霊安室に運ばれたわけです」
日下が顔を紅潮させて、きいた。
「そうだよ。金沢は、若宮が渡辺を殺すところを見たんだ」
「しかし、どうして金沢は、若宮が京都の『古稀店』の主人と、知っていたんでしょ
うか？」
「そこはいろいろ考えられる。車内で若宮の犯行を目撃して、脅したのかもしれな
い。だが、それだけとも思えない。金沢は、ルイ・ヴィトンのボストンバッグをやた
らと使ったことでもわかるように、ブランド志向が強い男だ。まあ、成金趣味といっ
てもいい。娯楽機械を作って儲《もう》けていた頃は、古い美術品なんかも買い集めていたん
じゃないかな」
「なるほど。その縁で、金沢と若宮は、前から顔見知りだったというわけですか？」
「会社が儲かっている頃、金沢は、よく京都へ行き、若宮の『古稀店』で、いろいろ
買い求めていたんじゃないかな。どう思われますか？」
亀井は、十津川の判断を求めた。

「私も、カメさんの考えに賛成だよ。ブルートレイン『富士』で、金沢は自分の狙っていた乗客を、男が殺したのを目撃した。しかも、その犯人は、以前から知っていた若宮だった。そこで脅迫したんだと思うね」

十津川が判断したとき、電話が鳴った。

科研からの電話だった。

「問題のジャガーが、中央分離帯にぶつかった理由がわかったよ」

と、佐野《さの》という技官が、いった。

「ブレーキに細工がしてあったわけですか？」

「そうだが、ブレーキ系統に小さな爆発物を仕掛けてあったんだよ。時限装置付きのね。爆発しても、車全体が壊れるような量の火薬じゃない。ブレーキ系統が破壊される程度のものだよ」

「それで、ジャガーは、ブレーキが利かなくなって、中央分離帯に激突したわけですか？」

「そうだよ。それに、ジャガーのリアシートには、かなりの量の可燃物が積みこまれていたと思われるね」

「燃えたのが、本物の札束かどうかという点は、どうですか？」

「君だって、本物の札束が燃えたとは、思っていないんだろう？」

佐野技官が、きき返した。

十津川は笑って、

「思っていません」

「それが正解だ。燃えても紙質はわかる。燃えたのは札束じゃないよ。一キロで、トイレットペーパー一巻ももらえない古新聞や古雑誌だ」

と、佐野技官はいった。

第八章　最後の賭け

1

午後六時に近くなって、東京駅の駅長室の電話が鳴った。

「山田太郎だ」

と、男の声がいった。

北島は苦笑した。

「金沢だろう？　もう君の名前はわかってるんだ。偽名を使わなくていい。自首する気になったかね？」

「自首だって？」

電話の向こうで、男の声が小さく笑った。

「自首しないのか？　君にはもう逃げ道はないぞ。共犯の中井明美も警察が逮捕したし、京都の『古稀店』の主人を、身代わりにする企ても失敗している。いさぎよく、自首したまえ」

「よしてくれ。こっちには、最後の手があるんだ」

「また東京駅に、ダイナマイトを仕掛けるというんなら、やめたほうがいいな。君の顔写真はコピーして、駅員全員に持たせている。警察も、もちろんだ」

「そんなことはやらん。こちらには、人質がいるんだ」

「人質だって？　何のことだ」

北島はとぼけて、きいた。

「若い女の人質だよ。彼女を殺されたくなかったら、おれのいうことを聞くんだ」

「急に人質といわれても、信じられない。本当にそんな人質がいるんなら、電話口に出して、声を聞かせなさい。そうしたら、信じる。そうでなければ、信じられん」

「いいさ。今、出してやる」

男の声が消え、若い女の声になった。

「助けて下さい」

と、女の声がいった。かぼそく、疲れ切った声だった。

「あなたの名前は？」

と、北島がきいた。

「島田かおるです。東京駅で――」

と、いいかけたとき、男の声が横から、割りこんできた。

「これでわかったろう。十分したら、また、電話する」

「もう一人、共犯の梅田はどうした？」

「多摩川の川ざらいでもしてみろよ」

「殺したのか？」

「馬鹿な奴は、死ぬしかないのさ」

それで、電話は切れてしまった。

受話器を置いた北島は、ほっとした顔で十津川を見た。

「人質は、生きていましたね」

「よかったですよ。念のために、島田かおるかどうか、確認しましょう」

十津川は、駅の旅行者援護所に休んでもらっていた宇野ゆかりを連れてきて、今の電話を録音したテープを聞かせた。

「どうですか？　お友だちの島田かおるさんですか？」

と、十津川はきいた。

ゆかりの目に、涙が浮かんでいた。

「ええ、間違いなく、かおるです。かおるは、どうなっているんですか？」

「われわれが、必ず助けます」

と、十津川は、約束した。

だが、金沢は、どんな方法で取引を求めて来るのだろうか？

電話が鳴った。

テープレコーダーのスイッチを入れてから、北島駅長が受話器を取った。

「おれだ」

と、聞きなれた男の声が、聞こえた。

「駅長の北島だ」

と、いうと、相手は、

「そこに、警察の人間がいるだろう。そいつと取引したい」

(どうしますか？)

という顔で、北島が十津川を見た。

十津川は肯いて、受話器を受け取った。

「警視庁捜査一課の十津川だ」

「あんたの名前は知ってるよ」

と、相手がいった。

「それは光栄だな。しかし、なぜ、私に話すんだ？」

「今度の取引の相手は、東京駅じゃなくて、警察だからな。いや、少しは東京駅に関係があるかな」

金沢は、クスッと笑った。

「島田かおるは、まだ無事なんだな？」

と、十津川はきいた。

「ああ、無事だよ。今のところはな」

「どういうことだ？」

「いいか。十津川さん。おれのいうことを聞くんだ。おれは二〇時二〇分、午後八時二十分成田発のロス行きに乗る。ＪＡＬの〇六四便だ」

「乗れると思っているのかね？」

「おれは乗るつもりだ」

「どうやってだ？」

「おれは、ある場所に、島田かおるを監禁している。このままなら、まもなく死ぬ」

「それで？」

「わかっているだろう？」

「わからんな」

「おれが無事にロスに着いたら、電話で彼女の監禁場所を教える。もし、おれが成田空港から出られなければ、彼女は死ぬんだ。それが取引だ」

「そんな取引に、われわれが応じると思うのか？」

「さあな、だが彼女が死んだら、どう思うかね？　おれはさっき、この取引のことを手紙に書いて投函した。各新聞社宛だ。だから、この取引のことを知らなかったとは、いわせない。もう一度いっておくが、おれを逮捕すれば、女は死ぬんだ」

「ロスへ着いたら、間違いなく監禁場所を教えるのか？」

「それは約束する。おれだって寝覚めはよくしたいからな。そろそろ電話の逆探知に成功したんじゃないか。だが、今、おれを捕まえても同じことだ。女は死ぬ。では、これから、おれは、成田へ行く。二〇時二〇分発のロス行きだ。おれを黙って乗せたほうが、得だと思うがね」

　電話が切れた。

もう一つの電話にかかっていた田中刑事が、

「逆探知に成功したそうです。場所は——」

「いいんだ」

と、十津川は、手を振った。

2

十津川は、成田空港事務所に問い合わせてみた。

ロス行きには、金沢のいったとおり、二〇時二〇分発のＪＡＬの〇六四便がある。

機種はボーイング７４７、ジャンボで、ロスには、日本時間の明日の朝六時五分に着くという。

約十時間の旅である。

その時刻表を十津川は、紙に書き出して、壁にピンでとめた。

アメリカ行きには、ビザが必要だが、前もって取っておいたのだろう。

「どうするつもりですか？」

と、北島がきいた。

「方法は、二つあります」

「と、いいますと？」

「金沢の要求を全面的に受け入れて、彼をロスに発《た》たせてやる。これが一つの方法です」

「金も持たせてやるんですか？」

「そうです。一億円は、たぶんドルに交換してあるでしょう」

「しかし、それでは、完全に負けたことになるじゃありませんか。ロスの日本人街にでも潜伏してしまったら、なかなか捕まりませんよ。それに、ロスに着いてから、彼が約束を守って、島田かおるの監禁場所を教えるという保証もないわけでしょう？」

「そうですね。ありませんね」

と、十津川は、肯いてから、

「だから、金沢が成田空港へ現われたら、直ちに逮捕してしまう。これが、もう一つの方法です」

「逮捕すれば、監禁場所を自供するんじゃありませんか？」

北島は、楽天的ないい方をした。

「カメさんは、どう思う？」

と、十津川は、亀井にきいた。

「金沢は、そんな甘い男とは思えませんね。それに、すでに、金沢は、手先に使った共犯者を殺しています。また一人、殺すことをためらうとは思えません。各新聞社に手紙を出したというのも、本当でしょう。金沢を逮捕したために、島田かおるが死んだとなれば、われわれは間違いなく新聞に叩かれます。マスコミは、犯人の逮捕より、人命が失われたことのほうを、重要視しますからね」

「それでは警察は、みすみす犯人を取り逃がすおつもりですか？　一億円も」

首席助役の木暮が、むっとした顔で、亀井に噛《か》みついた。

「まあ、まあ、木暮君」

と、北島駅長が、止めて、

「十津川さん。金沢を空港で逮捕しておいて、監禁されている女性を、何とかして見つけ出すわけにはいきませんか？」

と、十津川にいった。

「そうですねえ」

「駄目ですか？」

「金沢は、監禁してあるから、時間がたてば死ぬといいました。たんなる脅しとは思えません。それを、金沢は切り札にしているんです。もし、金沢を逮捕したときは、ことは、時間との戦いになると思いますね。何時間かの間に見つけ出さないと、島田かおるは死ぬと、覚悟しておく必要があります」

「何時間くらいの余裕があると思いますか？」

「金沢は、無事にロスに着いたら教えるといいました。ＪＡＬの〇六四便がロスに着くのは、日本時間の午前六時五分です。少なくとも、その時刻までは大丈夫ということだと思います」

「明日の午前六時五分ですか」

北島は呟いて、壁にかかっている時計を見上げた。

今、午後六時二十七分である。

「あと、十二時間近くあります」

と、十津川はいった。

「その間に見つけ出すのは、無理ですか？」

北島がきく。

十津川にかわって、亀井が、

「これは、宝探しとは違うんです。もう一度、やり直すということはできない。失敗したら、一人の女性が死ぬんですよ。それを考えて下さい」

と、声を荒らげた。

3

十津川は、あくまで冷静な口調で、

「明日の午前六時五分までに、島田かおるを見つけ出す自信があれば、今すぐにでも、金沢を逮捕します」

と、北島にいった。

「どんなところに、監禁されていると思われますか?」

木暮首席助役が、きく。

「時間がくれば、死ぬような場所でしょう。確かアメリカの映画に、同じようなシチュエーションのものがありました。人質を地中に掘った穴の中に監禁しておくストーリーだったと思います。箱を埋めて、その中に押しこめておくわけです。時間がたてば、酸素がなくなって死ぬわけですよ」

「島田かおるも、地中に埋められていると思いますか?」

「かもしれません。違うかもしれません」

「心細いですね？」

「しかし、これが事実です」

「すると、みすみす金沢を、ロスに逃がすより仕方がないんですか？」

「そうです」

「他に方法はありませんか？」

「清水君」

と、十津川は、若い刑事を呼んだ。

「君と西本君は、すぐ成田空港へ行ってくれ。金沢と同じＪＡＬのロス行きに乗るんだ。君たちは、二年前に、アメリカに行ったことがあるだろう。ビザは五年間有効だからね」

「わかりました」

「ロスに着くまでに島田かおるが見つかったら、君たちは、直ちに金沢を逮捕したまえ。もちろん、アメリカ政府に了解をとってだ」

「ロスに着き次第、連絡します」

二人は、すぐに飛び出して行った。

十津川は、北島に向かって、小さく肩をすくめてみせた。

「島田かおるの安全を考えれば、これが、いちばん賢明な方法だと思いますね」

「明日の午前六時五分までに彼女を見つけ出せれば、金沢も逮捕できるわけですからね？」

「一億円も取り返せます。中井明美の一億円は、まだ日本国内にあると思いますから、大丈夫でしょう」

と、十津川はいってから、今度は亀井に向かって、

「始めようじゃないか、カメさん。これから時間との競争だ」

4

島田かおるが、どこに、どんな状態で監禁されているのか、見当もつかない。

東京都内に限定しても、探す場所は多過ぎるからである。

金沢がどんな行動をとったか、それを調べるより仕方がない。

刑事が動員された。

金沢は、今度の事件のために、駒沢に家を借りていた。

その家は、すでに引き払っている。

刑事たちは、もう一度、その家を調べてみた。

床下も庭もである。

島田かおるは、見つからなかった。

金沢は、島田かおるを連れて、どこかへ移動したのだ。

「車が必要ですね」

と、亀井が、世田谷周辺の地図を見ながら、十津川にいった。

「しかし、ジャガーには若宮を乗せて、羽田近くで、事故を起こさせることにしてあったわけだから、ジャガーは使えなかったと思うね」

「そのとおりです。別の車に島田かおるを乗せて、移動したに違いありません」

「金沢は、ジャガーの他に、車を持っていたかな？」

「われわれが調べたかぎりでは、ジャガー一台でした」

「すると、もう一台買ったのか、それとも――」

「盗んだかですか？」

「いや、盗難車を使ったら、そのことで捕まる可能性がある。一億円を手に入れた犯人が、そんな危険を冒すとは思えないね」

「しかし、新しく車を買うと、手続きが大変ですよ」

「そのとおりさ。だから私は、レンタカーを利用したんじゃないかと思っている。金沢が駒沢の家にいた頃は、まだ自分が追いつめられたという気持ちにはなっていないから、平気で、レンタカーを借りたんじゃないかね」

「調べてみましょう」

と、亀井がいった。

手のすいている刑事と、東京駅の助役まで動員して、都内のレンタカーの営業所に、片っ端から電話をかけていった。

車を借りるには、免許証が必要である。

金沢善明の名前で、車が借りられていないかを調べ、それがないと、今度は、若宮研一郎の名前で調べてもらった。

手応えがあったのは、若宮研一郎のほうだった。

東京駅八重洲口近くの東京レンタカー営業所である。

十津川と亀井は、すぐ、その営業所へ行ってみた。

東京駅と目と鼻の先のところで、車が借りられていたのである。十津川は、そのことに驚きながら、営業所の所長に会った。

三十二、三歳の若い所長である。

名簿を持ってくると、今日の日付のところを広げて、

「ここを見て下さい。若宮研一郎さんと出ているでしょう。京都の方です」

「免許証の写真と同じ人間でしたか？」

と、亀井がきいた。

「ええ、もちろん」

「借りたのは、何時頃ですか？」

「午前十時半頃です」

「そのとき、何か、いっていませんでしたか？」

「京都の免許証なんで、東京に遊びに来られたんですかと、ききました」

「そしたら、相手は、何といいました？」

「なんでも、世田谷区駒沢の友だちを訪ねたいので、道順を教えてほしいといわれましてね。簡単なロードマップを、差し上げました」

「貸した車種は？」

「白いトヨタカローラです。二日間借りたいといわれました。だから、まだ戻って来ていません」

所長のいうナンバーを、十津川と亀井は手帳にメモした。

若宮の弱みも握っていた金沢は、京都から若宮を呼びつけたのだ。

そのとき、東京駅で降りたら、すぐ、レンタカーを借りるように、指示したのだろう。

金沢は、自分の身代わりに、ジャガーもろとも炎上させる目的で、京都から若宮を呼び寄せた。

東京駅の八重洲口でレンタカーを借りさせたのは、ジャガーを燃やしてしまうので、かわりの足が必要だったからに違いない。

そのカローラに島田かおるを乗せて、金沢は、どこかへ運んだのだ。

十津川は、東京駅の駅長室に戻ると、すぐ電話で、白いカローラのナンバーを警視庁に伝え、手配してもらうことにした。

金沢は、そのカローラで、成田空港に向かったのだろうか？

七時四十五分。

清水と西本の二人が、成田空港に着いたと、報告してきた。

電話してきたのは、清水だった。

「今、西本君が、ＪＡＬの切符を手配しに行っています」

「金沢は、もう来ているかね？」

と、十津川は、きいた。

「いや、まだ姿を見せていません」

「そちらにいる警官には、金沢を見つけても逮捕するなと、いっておいてくれ」

「わかりました。まだ、島田かおるは、見つからないわけですね？」

「残念ながらね。今、金沢の足跡を追いかけているところだ。奴は、京都から若宮研一郎を呼びつけ、レンタカーを借りさせている。そのレンタカーに、人質の島田かおるを乗せて、どこかへ運んだんだと思うね」

「どこへかが、わかればいいんですね」

と、清水はいってから、急に「あッ」と、小さく声をあげた。

「金沢が現われました。逮捕しないように、いってきます」

電話は切れた。

あと三十分で、金沢を乗せて、ＪＡＬのロス行きが、成田を飛び立ってしまう。

三十分の間に、島田かおるを見つけられるという保証は、どこにもなかった。

時間は、容赦なくたっていく。

「もう、搭乗の時間です」

と、成田から、西本が連絡してきた。

「金沢は、どうしている?」

「きょろきょろと、まわりを見廻しています。不安なんでしょう。この空港で逮捕されるかもしれないと、考えているからだと思いますね」

「金沢の所持品は?」

「白いスーツケースが一つだけですね。しかし、あの大きさでは、一万円札で一億円は、入らないんじゃないかな?」

「だから、ドルに換金したんだと思うね。百ドル紙幣なら、枚数は半分になるし、大きさも小さいからね」

「そうですね。これから乗ります」

と、西本はいった。

まもなく午後八時になる。

すでに金沢も、機内に入っているだろう。一億円の札束と一緒にである。いや、ドルに換えた札束と一緒に。

十津川は、まず第一に、問題のレンタカーを見つけ出さなければならないと考えた。

金沢は成田空港へ、その車で行ったのだろうか？

もしそうなら、車は空港近くに駐《と》めてあるはずである。

空港に張り込んでいる刑事たち、それに、空港派出所の警官たちに頼んで、空港周辺を徹底的に探させた。

カローラ五十八年型、色は白。ナンバーは——。

もし見つかれば、走行距離から、島田かおるが、どの辺に監禁されているか、見当がつくかもしれない。

駐車場、通路、空地などが、手分けして、捜査された。

だが、見つかったという知らせは、いっこうに十津川のもとにもたらされなかった。

時間は、どんどん経過していく。

「まもなく、八時ですね」

と、北島が、疲れた顔でいった。

十津川は、黙って肯いてから、

「もう事件は、東京駅とは直接関係なくなりましたから、北島さんは家にお帰りになったらどうですか。昨夜は、ほとんど徹夜されて、疲れておられるでしょうし、お嬢さんも心配していらっしゃると思いますよ。われわれも、捜査本部を他へ移してもいいと思っています」

「いや、まだ事件は、私たちの傍から離れてはいませんよ」

と、北島はいった。

八時半になって、成田空港にいる刑事の一人から、電話が入った。

問題のカローラは、見つからないというのである。

「金沢は、成田空港へは、京成《けいせい》のスカイライナーかタクシーか、バスで行ったんだと思いますね」

亀井がいった。

「じゃあ、金沢が借りたレンタカーのカローラは、今、どこに置いてあるんだ？　それを知りたいよ」

十津川が、この男には珍しく、いらだちを見せていった。

島田かおるという一人の女性の生命が、かかっているからである。

金沢は、ロスに着いたら、電話で監禁場所を知らせると約束した。

その約束に嘘はないだろうと、十津川は思っていた。金沢という男を信頼しているからではない。金沢も日本脱出に賭けているから、嘘をつかないと思っただけである。

ＪＡＬの〇六四便は、明日の午前六時五分にロスに着く。

だから、それまでは、島田かおるは安全なのだと考えることができる。

しかし、それが絶対だとは、誰にもいえないのだ。

たとえば、島田かおるが金庫の中に監禁されているとする。中の酸素が何時間でなくなると、金沢が計算していたとしても、その計算が、はたして正しいかどうかわからない。

それに、航空機の所要時間というのは、時刻表どおりとは限らない。上空の風速によって違ってくるし、ロス空港に着いても、地上で事故があれば、上空で待機していなければならないのである。

十津川も、台北へ行ったとき、乗った飛行機が空港の上空で、一時間近く着陸待ちをしたことがある。

「島田かおるは、すでに殺されてしまっているんじゃありませんかねえ」

と、田中助役が、これも疲れた声で、十津川にいった。

「金沢の申し出た取引は、でたらめだったということですか？」

「そうですよ。われわれは、まんまと欺されたんじゃありませんかねえ。やはり、成田で金沢を逮捕しておいたほうがよかったんじゃないですか。そうしておけば、一億円は取り返せたわけです」

「今になって、そんなことをいっても始まらんでしょう」

亀井が怒った声で、いい返した。

「しかし、島田かおるは、見つかりそうもないじゃないですか」

「生きている可能性が、少しでもあれば、われわれは、そのかすかなチャンスに賭ける義務があるんです」

と、亀井はいった。

いらだちが、険悪な空気を生んでしまった。

「カメさん」

と、十津川が、声をかけた。

「口論をやめて、島田かおるを探そうじゃないか」

5

十津川は、関東地方の地図を持ってきて、テーブルの上に広げた。

やみくもに探し廻っても、明日の午前六時五分までに、島田かおるを見つけられはしないだろう。

「金沢は、海外へ逃亡するのに必死だったろうから、それほど遠くに島田かおるを監禁したとは考えられない」

と、十津川は、地図を見ながらいった。

亀井も北島たちも、十津川の近くに集まってきて、地図を見つめた。

「地面に穴を掘って、そこに彼女を埋めたということは、どうですか？」

と、木暮首席助役がきく。

「それはないと思いますね。地面に穴を掘り、そこに人間が入る箱を埋め、酸素ボンベを用意してから、島田かおるを閉じ籠《こ》めなければなりません。一刻も早く逃げたい金沢が、そんな面倒なことをするとは思えません。穴を掘っているところを、発見される恐れもありますからね」

十津川は、考えながらいった。

「じゃあ、十津川さんは、金沢が、どこへ監禁したと思われるんですか？」

「既存の何かを利用したと思いますね。大きな冷蔵庫、金庫、地下室――いや、違うな」

「どう違うんですか？」

「そんな都合のいいものが、簡単に見つかるとは思えません。金沢にとって、島田かおるを連れ去ったのは、偶然なんです。前から考えていたことじゃない。だから、監禁するのに都合のいい冷蔵庫とか金庫が、すぐ見つかるとは思えないのです。そうです。そんなものじゃないんだ」

十津川は、自分にいい聞かせるようにいった。

「じゃあ、何の中に、島田かおるを監禁したと思うんですか？」

「身近で、カギがかかって、何時間かたつと、酸素が不足してきて死ぬところという、この答えは一つしか考えられません。車です」

「レンタカー？」

「そうです。多分、カローラのトランクでしょう。目貼《めば》りをして押しこんで、カギをかけてしまえば、何時間かあとには、酸素不足で死にますからね。だから金沢は、成田空港へ、レンタカーで行かなかったんですよ」

「それでは、車を見つければ、その中に、島田かおるが監禁されているというわけですか？」

「十中八九、そうだと思います」

「しかし、車は、どこにあるんですか？」

「多分、世田谷区駒沢の家から、成田空港までの間だと思いますね」

「しかし、かなり広いですよ。その範囲を全部調べるのは、時間がかかりますね」

亀井が地図の上を、指でなぞるようにしながら、いった。

確かにそのとおりだった。

一日かかっても、調べ終わらないだろう。

「限定してみようじゃないか」

と、十津川は、亀井にいった。

「どんなふうにですか？」

「道路の端に駐めておくとは思えない。すぐに発見されてしまうからだよ」

「すると、幹線道路から、かなり奥へ入ったところでしょうか？　たとえば、雑木林の中とか」

「いや、金沢は二〇時二〇分発の飛行機に乗らなければならなかったんだ。そんなに奥へ車を駐めてしまっては、タクシーかバス、あるいは電車に乗れなくなってしまう。だから、幹線道路から奥へ入ったとしても、限られた距離のところだと思うね」

東京都内から成田空港へ行く道路は、何通りもある。

いちばん早く行けるのは、京葉《けいよう》道路を東へ向かい、宮野木ジャンクションで東関東自動車道に入るコースだ。

この高速道路を成田まで行き、ここから新空港自動車道へ入れば、終着が成田空港である。

時間がかかってもいいなら、千葉街道（国道14号線）から成田街道（国道296号線）に入り、最後は新空港自動車道でもいい。

十津川は、千葉県警にも協力を要請して、こうした道路の周辺を調べてもらうことにした。

あいているパトカーが動員され、空からは、ヘリも飛ばした。

道路の近くにある駐車場、空地などが、重点的に捜査された。

パトカーが走り廻ったので、何事かと驚いた人々も、多かったようである。

しかし、夜が深くなると、ヘリは使えなくなった。

不審な車にも近づいて、明かりで照らして、ナンバーを調べなければならない。

十時を過ぎ、十二時になっても、問題のカローラは見つからなかった。

ナンバープレートをすりかえてあることも考え、白い五十八年型のカローラは、ナンバーが違っていても、一応、車内を調べてみた。

だが、島田かおるは発見されない。

（午前六時を過ぎたら、金沢はロスに着いてしまう）

一億円も持っていれば、喜んで金沢をかくまう人間は、向こうにいくらでもいるだろう。日本の警察に追われた暴力団員が、ロスのリトルトーキョーに潜伏して見つからない例は、よくあるのだ。

金沢を、そんなふうにしてはならない。

ロス空港に着き次第、西本たちに逮捕させたいが、そのためには、着陸するまでに、島田かおるを見つけて助け出すことだ。

だが、見つからない。

電話が入った。が、それは車を発見したという報告ではなかった。

京成電鉄の成田空港の改札掛が、金沢と思われる男が降りてくるのを見たという報告だった。

時刻も服装も、空港ロビーで見た金沢と一致する。

京成上野から成田空港まで走る特急「スカイライナー」を使ったらしい。

「しかし、問題の車の発見には、何の役にも立たないいんじゃありませんか？」

と、若い日下刑事がきいた。

「いや、そうでもありませんよ」

といったのは、木暮首席助役だった。

「京成の特急『スカイライナー』は、停車駅が決まっています。確か、京成上野、日暮里《にっぽり》、そして京成成田の三つの駅しか停まりません。次が終着の成田空港です。つまり金沢は、このどこかで乗ったということです」

「そうか。カローラは、その近くで乗り捨てたということになりますね」

と、日下が、肯いた。

「それだけとは限らないよ」

と、十津川が付け加えるように、

「京成上野までも、電車かタクシーで行ったかもしれない。そうなると、上野の手前で、カローラを捨てた可能性もある。ただ、東関東自動車道の周辺ではないことだけは、はっきりしたわけだよ」

と、いった。

「すると、東京都内のどこかに駐めてあることも、十分に考えられますね」

「ひょっとすると、世田谷区駒沢の近くということも考えられますよ」

といったのは、亀井だった。

都内なら、たいていの場所でタクシーを拾える。

タクシーで上野まで行き、上野から「スカイライナー」に乗って、成田空港へ行ったのかもしれない。

都内に、いくつ路地があるだろう。路地の奥に、ひょいとカローラを駐めたということも考えられる。

駐車場だって、いくつもある。団地の中に駐めておいたら、なかなか見つからない。

十津川は、都内の各警察署に電話して、白のカローラを探してもらうことにした。特に、団地の駐車場や路地の奥を、入念に調べてもらうことにした。

そうしている間にも、時間は容赦なくたっていく。

一方、都内のタクシー会社にも協力してもらうことにした。

今日、金沢を乗せたタクシー運転手がいないかということだった。

もし、今日の午後、金沢を乗せたタクシーがあれば、乗せた地点の近くに、問題のカローラが置いてある可能性があるからだ。

午前二時を過ぎた。だが、何も出ない。

6

都内の各派出所の警官たちは大変だった。

懐中電灯を持って、車が駐められそうな場所を、しらみつぶしに歩いて廻った。

有料駐車場。

団地の中。

公園。

路地。

校庭。

その気になって調べてみると、狭い東京のはずなのに、車を駐めておく場所は、やたらにあるのだ。

それに、カローラという車もやたらに多い。

白いカローラは何台も見つかったが、ナンバーが違っていたし、車内に島田かおるはいなかった。

タクシー会社のほうも芳《かんば》しくなかった。

金沢の顔写真は、ばらまいたはずなのだが、昨日の午後から夕方にかけて、彼を乗せたというタクシー運転手は、現われなかった。

「おかしいな」

十津川は首をかしげ、舌打ちした。

「いぜんとして、問題のカローラが見つからないことがですか？」

と、亀井がきいた。

「それもあるが、金沢を乗せたタクシーの運転手が現われないのが、おかしいじゃないか。乗せたとすれば、昨日の午後、それも夕方だ。なぜ、現われないんだろう？」

「金沢は、タクシーに乗らなかったということじゃないですか？　素直に考えれば」

と、亀井がいう。

「じゃあ、上野までも電車で行ったというのか？」

「そうです」

「すると金沢が、カローラを駐めたのは、駅の近くということになる――」

「そうですね」

「だが、そのカローラが見つからない。上野駅や日暮里駅の近くは、徹底的に探したはずなんだ」

「やっぱり、田中助役のいうように、島田かおるは殺されているんでしょうか？　もし殺していれば、借りた車は、池か川へ沈めてしまっているかもしれませんよ」

「カメさんまで、そんな弱気になってしまっては困るね。遺体が確認されるまでは、生きていると考えて探すんだ」

「しかし、警部。まもなく夜が明けてしまいます——」

さすがの亀井も、疲れた声を出している。

探すべきところは探してしまったのに、問題の車が見つからないからだろう。

十津川は立ち上がって、「梅の間」の中を、ゆっくり歩き出した。

金沢善明は、一億円を持って逃亡してしまうのか？

若い刑事二人が同じ飛行機に乗っているが、金沢が電話で、島田かおるの監禁場所を教えたあと、逮捕できるとは思っていなかった。

そんなに金沢は甘くはないだろう。

だから、ロスに着くまでに、島田かおるを助け出さなければならないのだ。

五時になった。

東京駅は、また活動を始めた。

何事もなかったように列車が動く。

だが、いぜんとして、島田かおるは見つからない。

国鉄側が、お茶を用意してくれたが、十津川は、ほとんど手をつけなかった。

この瞬間にも、一人の若い娘の生命が、少しずつ、死の淵《ふち》に近づいていると思うからだった。

十津川は、交代で仮眠をとることをすすめたが、誰も眠ろうとはしなかった。十津川自身、眠る気にはなれないのだ。

動員された警官は、今日も東京都内を探し廻った。

問題の白いカローラを探してである。

しかし、島田かおるを他の場所に移し、車は晴海埠頭《はるみふとう》あたりから、海中に沈めてしまっているかもしれないのだ。彼女の写真を持って、歩き廻ることもさせた。

時間だけが、容赦なくたっていく。

こんな時の時計の針は、いつもより早く進むような気がしてならない。

午前五時三十分。

丸子多摩川で、男の死体が発見された。

共犯者の梅田行男《ゆきお》、四十歳である。

後頭部を強打され、川に放りこまれたのである。

ようやく、夜が白みはじめた。

東京駅の「梅の間」にいた十津川たちに、朝食が出された。

十津川は箸をつけたが、半分ほどで、やめてしまった。

午前五時四十分。

晴海埠頭近くの海中で、沈んでいる車が発見されたという報告が入った。十津川たちは色めき立った。

しかも、白のカローラらしいという。

だが、引き揚げてみると、一カ月以上も前から沈んでいた車であることがわかった。

車内に、人の姿はなかった。

どうやら、盗難車で、運転していた人間は逃げてしまったらしい。

まもなく、六時になる。

(警察は、敗北するのか?)

7

「警部」

と、亀井が、呼んだ。

十津川は、その声に気づかずに、考え続けている。

「警部」

と、また、亀井が叫んだ。

「何だ？　カメさん」

「どうかされたんですか？」

「金沢が最後にかけてきた電話のことを、考えていたんだよ」

「取引の電話ですね？」

「そうだ。どうも気になってね。一緒に、もう一度、聞いてみてくれ」

十津川は、テープを巻き戻し、再生のスイッチを入れた。

金沢の声が流れる。

何度聞いても傲慢《ごうまん》な喋り方だ。

「どう思うね？　カメさん」

「改めて腹が立ちましたが、警部は、これのどこがおかしいんですか？」

「ここさ。金沢は、こういってる。『今度の取引の相手は、東京駅じゃなくて、警察だからな。いや、少しは東京駅に関係があるかな』とね。そして、クスッと笑ってるんだ」

「そうですね」

「なぜ、奴は、こんないい方をしたんだろう？」

「少しは東京駅に関係があるかな、といって、笑ったことですね？」

「そうさ。最後の電話で、奴は、人質を盾にして、自分をロスに逃がせと、こっちを脅した。もう完全に、東京駅は関係ないんだ。警察と奴との関係だよ。それなのに、なぜ『少しは東京駅に関係があるかな』といったんだろう？　しかも、クスッと笑ってる」

「われわれを、からかっているんじゃありませんか？」

「なぜ、からかう必要があるんだい？　奴だって必死のはずだ」

「そうですねえ」

亀井が、考えこんでしまう。

「奴はつい、本当のことを、口走ってしまったんじゃないかな？」

「と、いいますと？」

「奴は、島田かおるを、どこかへ監禁したといって、われわれに取引を申し出た。ひよっとすると、監禁場所が、この東京駅と関係があるんじゃないだろうか？　金沢は、つい口を滑らせてしまったんじゃないかね？」

「そのあとで笑ったのは、なぜですか？」

「われわれには、わからないだろうと思って、奴は笑ったのさ」

「しかし、警部。この東京駅の中に、島田かおるが監禁されているとは思えませんよ。そんな場所がありますか？」

と、亀井は、北島を見、木暮首席助役を見た。

「考えられませんね」

と、木暮が、いった。

「しいて考えれば、霊安室ぐらいですが、あそこは爆破されてから、危険なので、駅員がガードしています」

「他には？」

「ありませんね」

「駐車場だよ」

と、十津川が、強い声でいった。

「島田かおるは、レンタカーの白いカローラの車内に押しこまれているはずだ。だから、東京駅の駐車場に駐めてあるんじゃないだろうか？」

8

「東京駅の駐車場といっても、丸の内側、八重洲口側に、小さなスペースはありますが、タクシー乗降場やバス停に使われていて、普通乗用車が駐められるところはありません」

と、木暮首席助役がいった。

「いや、地下駐車場があったはずですよ。八重洲口側に」

「ああ、ありますが、有料の駐車場ですよ」

「東京駅の地下を使っているわけでしょう？」

「それは、そうですが」

「行ってみよう。カメさん」

と、十津川は、促した。

二人は「梅の間」を出ると、八重洲口側の改札口に向かって駈け出した。

外へ出ると、バスターミナルのあるほうへ、十津川と亀井は走った。

地下駐車場の入口が見えた。

ゆるい坂道を、二人は駈け下りていった。

靴音が天井に反響する。

制服姿のガードマンが咎《とが》めるように、前に立ちふさがった。

「まだ営業時間になっていないよ」

と、ガードマンがいった。

十津川が、警察手帳を相手に、突きつけた。

「ここに、白いカローラが駐まっていないか？　ナンバーは——だ」

「白いカローラは、昨日の夕方から駐まっていますよ」

「案内してくれ！」

亀井が大声でいった。

ガードマンの案内で、二人は奥へ進んだ。

「これです」

ガードマンが指さしたところに、白いカローラが駐まっていた。

ナンバーも一致している。

十津川と亀井の眼は輝き、顔を見合わせた。

二人は駈け寄って、運転席やリアシートをのぞきこんだ。

島田かおるの姿は、ない。

十津川は、トランクを無理やり、こじ開けた。

女が、そこに転がされている。

ロープで、がんじがらめに縛られ、眼と口には、ガムテープが貼りつけてあった。

十津川は、まず、眼と口のガムテープをはがした。

女は、眼をしばたたいていたが、すぐ大きく見開いて、十津川を見上げた。

「警視庁の十津川だ。君は、島田かおるさんだね？」

と、十津川がきいた。

「ええ」

と、女は小さく肯いてから、急に泣き出した。

亀井が、縛ってあるロープを解いた。

島田かおるは、手首をさすりながら、トランクから出た。が、足がしびれ切っていたとみえて、よろめいて、コンクリートの地面に、しゃがみこんでしまった。

亀井が、近くにある電話のところへ駈けて行って、救急車を呼んだ。

「君の友だちも、心配していたよ」

「彼女、今、どこにいるんですか？」

しゃがみこんだまま、島田かおるがきいた。

「東京駅にいる。君は、病院へ行かなきゃ駄目だ。友だちは、あとから病院へ行かせるよ」

と、十津川はいった。

9

カローラのトランクには、何の細工もされていなかった。

これなら、何時間たっても死ぬことはないだろう。だが、発見されなければ、警察は自分に手を出せない。

金沢は、そう読んだのだろう。

島田かおるが、救急車で運ばれてから、十津川と亀井は「梅の間」に戻った。

すぐ、電話が入った。

「西本です。今、ロスです」

と、西本の声が、いった。

「奴を逮捕してくれ」

十津川が、息をはずませていった。

「じゃあ、彼女、見つかったんですか？」

「ああ、無事だ」

「よかったですねえ。すぐ清水刑事と、奴を逮捕します。アメリカの警察には、そちらからも連絡しておいて下さい」

「もちろん、連絡するよ」

と、十津川はいった。

数分後には、また西本から国際電話が入った。

「今、金沢を逮捕しました。清水君が、ロスの警察に事情を説明しています」

「奴は、どんな顔をしているね？」

「おれを捕まえたら、女が一人死ぬことになるんだって、大声でわめきましたよ。こちらが助け出したというと、急に、がっくりした顔になりました」

西本は、楽しげにいった。

「一億円も見つかったか？」

「奴の持っているスーツケースも、おさえましたよ。中身は、ドル札が詰まっていました」

「やっぱりドルに換えてあったか。アメリカ当局には、上のほうから話をしてくれることになっている。金沢は、すべてを認めそうかね？」

「わかりませんね。今は、がっくりしていますが、なかなかしぶとそうな男ですから」

西本は、そういったが、いい方に余裕が感じられた。

先に逮捕されている中井明美は、金沢がロスで逮捕されたと聞くと、むしろ、ほっとした表情になった。

「自分ひとりが逃げようなんて、虫がよすぎるわ」

と、明美は、吐き捨てるようにいった。

「そろそろ覚悟を決めたほうがいいな」

と、十津川はいった。

「何のこと？」

「君が、切り札にするといっていた一億円だよ。君は、金沢と一緒に起訴されるだろう。そうなってからでは、切り札にも何にもならないよ」

「でも、情状酌量してくれるでしょうね？」

「多分、君は、一億円をドルに換え、外国銀行の東京支店に預金しようとしたんだろう。しかし、銀行が休みなので貸金庫を借りておいて、時期を見て、取りに帰ってくるつもりでいたんじゃないか？」

十津川がきくと、明美は、がっかりした顔で、

「なんだ、知ってたの」

と、いった。そのいい方に、十津川は微笑した。

「誰でも考えることだよ。どの銀行か、いいなさい」

「わかったわ」

と、明美は、肩をすくめるようにして、銀行の名前をいった。

十津川が、その銀行の名前を、北島駅長に電話で連絡し終わったところへ、亀井がやって来た。

「日下刑事が、一日だけ休ませてほしいといっています」

「理由は、何だい？」

「今度の事件に巻きこまれた美人をなぐさめるために、一日、つき合いたいということらしいです」

「それ、日下君がいってるのかね？」

「いえ。私の推測です」

「そういえば問題の古文書は、見つかったのかね？」

「若宮の自宅から見つかったそうです。それにしても、山本麻子は美人ですな。私が日下君ぐらい若ければ、やはり一日休暇をとって、なぐさめてあげたくなるでしょうね」

亀井は、微笑した。

「いいねえ。若者は」

と、十津川も笑った。

十津川は、もう四十歳。事件が終わった今は、ただ、ゆっくり眠りたいだけだった。

解説

小柳治宣《おなぎはるのぶ》（日本大学教授・文芸評論家）

平成も間もなく終わろうとしているが、本書の初刊本（カッパ・ノベルス）が出たのは、昭和五十九（一九八四）年のことだ。まだＪＲは誕生しておらず、国鉄の時代である。この三年後の四月に国鉄は分割民営化されることになる。したがって読者は、三十五年ほど時を遡《さかのぼ》って国鉄時代の東京駅へタイムスリップする気分になるはずだ。鉄道ファン、とりわけ国鉄を知らない若い世代にとってはそれだけでわくわくしてくるであろうし、熟年世代は郷愁を感じながら頁《ページ》をめくることにもなろう。

初刊本の「作者の言葉」によれば、一九八四年当時の東京駅の一日の乗降客は約三十五万人だったそうだが、昨年（二〇一七年）は、その数字が約五十五万人へと増加している。いずれにせよ、東京駅そのものが様々な施設を伴った一つの街であり、総面積は十八万二千平方メートル、東京ドームの三・六個分に匹敵するのだ。

さて、本書は、東京駅長の北島祐也の登場をもって幕を上げる。現在東京駅には駅長が三名いる。ＪＲ東日本の駅長とＪＲ東海の駅長、そして東京駅に乗り入れている地下鉄丸ノ内線の駅長だ。国鉄時代は、丸ノ内線を除けば、日本の顔とも云える東京駅で起こるすべての出来事の責任が、たった一人の駅長の肩に重くのしかかっていたことになる。だから定年がなく、就任の際には皇居に挨拶に行くことにもなっていた。いわば、日本全国のすべての駅長の頂点に立つ存在であったといえる。

したがって、本作は「駅シリーズ」の第一作にふさわしく、東京駅を主たる舞台としてはいるが、駅長を主役とした物語として読むこともできる。駅は駅長なくしては、さらにいえば駅長のもとで働く人々なくしては生きて機能し得ないからである。

その東京駅の北島駅長のもとへ、山田太郎と名乗る男から脅迫の電話がかかってくる。三月十四日のことだ。

この日はカナダ首相夫妻が、一四時二四分発の「ひかり」で京都へ向かう予定になっていた。要求に従わなければ、その時間に合わせて東京駅を爆破する。一億円をルイ・ヴィトンのボストンバッグに詰めて一二時三〇分発の「踊り子13号」グリーン車の座席に置け、と指示してきたのだ。犯人の要求に素直に従うべきか否か。十津川警部は駅長に対して、爆弾犯人から東京駅を完全に守るのは不可能だという反面、犯人の要求を呑んではならぬともいう。だが、どうすべきかを最終的に決めるのは、駅長自身なのである。乗客の安全を絶対的なものと考える駅長は苦渋の決断を下した。先に私が本作は「駅長」の物語でもあるといったのは、こうしたところに起因している。

亀井刑事と田中助役の二人が、グリーン車内に乗り込んで一億円の入ったバッグを監視することになった。犯人はどのような方法でこのバッグを奪取するつもりなのか……。

こうした脅迫騒ぎの最中、東京駅では、もう一つの事件が起こっていた。前日の一二時二四分に宮崎駅を出発して九時五八分に東京駅に到着した、寝台特急「富士」の個室寝台で他殺死体が発見されたのだ。被害者は、渡辺裕介なる美術商で、宮崎には商談に行っていたらしい。

日下刑事は、東京駅で待ち合わせていた被害者の婚約者山本麻子とともに、渡辺が経営していた古美術店へ急行した。一見したところ店内は荒らされておらず、盗まれたものはなさそうだった。ところが金庫に入っていたはずの、少なくとも一億円はするだろうという、藤原定家の真筆が消えていたのだ。それは、世には出ていない「定家撰　新百人一首」ともいえるもので、まさに世紀の新発見といえた。渡辺は、京都の「古稀店」なる古美術店でこの逸品を掘り出したのだが、その価値を知らない店主を騙《だま》すような形で手に入れたのだった。のちにその価値を知った店主は、当然のごとく怒りを露わにした手紙を渡辺に送りつけていた。手紙の末尾には、〈遠からず天誅《てんちゆう》が下るだろう〉と記されてもいた。しかも、京都の「古稀店」の主人は店には不在で、行方が分からない。この男が、渡辺を殺害し、定家の「新百人一首」を奪った可能性は十分ある。

では「踊り子」の一億円はどうなったのであろうか。犯人は、大胆なトリックを駆使して、亀井の目の前からまんまと一億円を奪取することに成功してしまう。一億円は奪われたとはいえ、カナダ首相夫妻は予定通り「ひかり155号」で無事に京都へ向かったので、ほっとしたのも束の間、山田太郎を名乗る犯人から再び一億円を要求する脅迫電話がかかってきた。なんと一億円を受け取っていないというのだ。これは何を意味するのか。犯人がもう一度甘い汁を吸おうというのか、それとも裏切った仲間が一億円を持ったまま逃走したのか。想定外の事態に駅長は、どう対応するのか……。

といった具合に、脅迫犯との闘いと殺人事件の捜査とが並走しながら、テンポよく、しかもスリリングにストーリーが展開していく。息つく暇もないとはまさにこのことで、読者はあたかも上質なエンターテインメント映画を観ているような気分にさせられるはずである。卓抜したストーリーテラーである作者は、そうした効果を意図していたに違いない。

だから、十津川警部シリーズに限らず、西村京太郎作品は、「読む」ことを意識させずに、むしろ場面場面を「観る」がごとき気分にさせてしまうともいえる。そうした稀有《けう》な特徴は、作者が若いころから大変な映画好きだったことに起因しているようだ。作者は、私のインタビューに応えてかつて次のように語ったことがあった。

西村　（前略）若いときは映画が大好きで、一年で千本は観たんじゃないかな。

小棚　小説を読むより、映画を観ることのほうが多かったんですか？

西村　まだ作家としては売れていないころだったので、午前中は上野図書館で本を読んで小説を書いて、午後になると浅草まで歩いて行って、観ていたんですよ。三本立て百円。洋画あり、邦画ありで、名作からくだらないのまで、とにかくごちゃごちゃ観ました。（『IN・POCKET』二〇〇二年三月号）

〈一番好きな映画は？〉という問いに対する答えは、アラン・ドロン主演の「冒険者たち」であった。一九七三（昭和四十八）年に出版された十津川警部（当時は警部補）

の長編デビュー作『赤い帆船《クルーザー》』が、海を舞台にしていたのもこの映画が作者の脳裏に浮かんだためなのかもしれない、などと勝手に想像してしまうのである。

さて、本作ではさらに東京駅での事件が続く。東京駅へ到着した湘南電車のグリーン車内で若い男の死体が発見されたかと思えば、コインロッカーに荷物を入れに行ったはずの若い女性が、突然姿を消してしまう。誘拐事件だ。これらの出来事が、どう関係し合い一本に繋がっていくのか。そして、緊迫する時間との闘いのなかで、十津川警部は、狡猾《こうかつ》な犯人をいかに出し抜き、追い詰めていくことができるのか……。

とくに興味を引かれるのは、まったく別の事件に見える、古美術商が殺害された事件と、東京駅の爆破脅迫事件とが、どう結び付くのかという点である。作者は神の手の医師のごとく、殺人―脅迫―誘拐を鮮やかな手並みで縫い合わせていくのである。本作から迸《ほとばし》る緊迫感と息もつかせぬスピード感は、十津川警部シリーズの中でも屈指のものだ。

そしてもう一つ、作者ならではと思えるのが、東京駅構内にいるホームレスに対する優しいまなざしである。処女長編『四つの終止符』(一九六四年)以来、作者の弱者や社会の底辺にいる人たちへの思いやりの心は、一貫している。そのヒューマニズムは押しつけがましくなく、さらりと控え目でもある。そこが気持ちのいいあと味を残すことにもなるのだ。本作では、以前は大きな料亭の主人だったと噂のある「ダンナさん」と呼ばれているホームレスが、十津川警部に、犯人逮捕の切っ掛けとなる目撃証言をすることになる。こうしたホームレスの姿を現在の東京駅で見ることはできないが、「ダンナさん」はその時代の、無言の証言者といえるのかもしれないな、と読んでいて改めて気付かされたりもする。

東京駅は、平成十九（二〇〇七）年に丸の内駅舎保存・復原工事が着工し、五年後の平成二十四（二〇一二）年に完成した。その折に、作者は『新・東京駅殺人事件』（二〇一四年）を上梓する。装いを新たにした東京ステーションホテルに宿泊していた新人作家の若者が、部屋の窓からある出来事を目撃する。それが事件の発端となる。十津川警部とこの若者とのちょっとギクシャクした共演が、駅シリーズの中でもユニークで新鮮な味わいを醸し出している。本作と併せて読んでみると、一層興味が湧くはずである。

ところで、作者は終戦七十年を迎えた二〇一五年あたりから、太平洋戦争中の秘話や悲話を題材とした作品を書き続けてきている。陸軍幼年学校の生徒だった作者が、自らの使命として書いておかねばならないと決意したがゆえであろうが、作者の年齢を考えると、その熱い作家魂には驚嘆せざるを得ない。戦争末期に両国駅３番ホームで起きた悲劇を題材とした、最新刊の『十津川警部　両国駅3番ホームの怪談』（二〇一八年・講談社ノベルス）は、その好例である。こちらからも、西村京太郎という作家の凄さを感じ取っていただきたい。

一九八四年九月　カッパ・ノベルス
二〇一〇年六月　光文社文庫

東京駅《とうきょうえき》殺人《さつじん》事件《じけん》

西村京《にしむらきょう》太郎《たろう》

講談社文庫

定価はカバーに
表示してあります

2019年２月15日第１刷発行

発行者――渡瀬昌彦
発行所――株式会社　講談社
東京都文京区音羽2-12-21　〒112-8001
電話　出版　(03)　5395-3510
　　　販売　(03)　5395-5817
　　　業務　(03)　5395-3615

Printed in Japan

デザイン―菊地信義
本文データ制作―講談社デジタル製作
印刷―――株式会社KPSプロダクツ
製本―――株式会社国宝社

ISBN978-4-06-514535-7

講談社文庫刊行の辞

二十一世紀の到来を目睫に望みながら、われわれはいま、人類史上かつて例を見ない巨大な転換期をむかえようとしている。

世界も、日本も、激動の予兆に対する期待とおののきを内に蔵して、未知の時代に歩み入ろうとしている。このときにあたり、創業の人野間清治の「ナショナル・エデュケイター」への志を現代に甦らせようと意図して、われわれはここに古今の文芸作品はいうまでもなく、ひろく人文・社会・自然の諸科学から東西の名著を網羅する、新しい綜合文庫の発刊を決意した。

激動の転換期はまた断絶の時代である。われわれは戦後二十五年間の出版文化のありかたへの深い反省をこめて、この断絶の時代にあえて人間的な持続を求めようとする。いたずらに浮薄な商業主義のあだ花を追い求めることなく、長期にわたって良書に生命をあたえようとつとめるところにしか、今後の出版文化の真の繁栄はあり得ないと信じるからである。

同時にわれわれはこの綜合文庫の刊行を通じて、人文・社会・自然の諸科学が、結局人間の学にほかならないことを立証しようと願っている。かつて知識とは、「汝自身を知る」ことにつきていた。現代社会の瑣末な情報の氾濫のなかから、力強い知識の源泉を掘り起し、技術文明のただなかに、生きた人間の姿を復活させること。それこそわれわれの切なる希求である。

われわれは権威に盲従せず、俗流に媚びることなく、渾然一体となって日本の「草の根」をかたちづくる若く新しい世代の人々に、心をこめてこの新しい綜合文庫をおくり届けたい。それは知識の泉であるとともに感受性のふるさとであり、もっとも有機的に組織され、社会に開かれた万人のための大学をめざしている。大方の支援と協力を衷心より切望してやまない。

一九七一年七月

野間省一

講談社文庫 最新刊

藤沢周平
長門守の陰謀
「御家騒動もの」の原点となった表題作ほか、初期の藤沢文学を堪能できる傑作短篇集。

加藤元浩
捕まえたもん勝ち！
〈七夕菊乃の捜査報告書〉
ミステリ漫画界の鬼才が超本格小説デビュー。緻密にして爽快な本格ミステリ＆警察小説！

川瀬七緒
潮騒のアニマ
〈法医昆虫学捜査官〉
ミイラ化した遺体が島で発見された。法医昆虫学者・赤堀に「虫の声」は聞こえなかった！

カレー沢 薫
非リア王
暗い未来に誰よりも最適化した孤高の存在。問題山積の日本を変えるのは〝非リア充〟だ！

熊谷達也
浜の甚兵衛
三陸の港町にも変わりゆく時代の波が押し寄せる中、甚兵衛は北の海へ乗り出していった。

近衛龍春
加藤清正
〈豊臣家に捧げた生涯〉
朝鮮出兵から関ヶ原へ。対家康政策で、清正の判断は正しかったのか！ 本格長編歴史小説。

小松エメル
総司の夢
仲間と語らい、笑い、涙し、人を斬る。新選組・沖田総司を描いた、著者渾身の一代記。

本格ミステリ作家クラブ・編
ベスト本格ミステリTOP5
〈短編傑作選００２〉
裏切りの手口。鮮やかな謎解き。綺麗に騙《だま》される悦楽。世界が驚愕！ 本ミス日本最高峰！

講談社文芸文庫

庄野潤三
明夫と良二
解説＝上坪裕介　年譜＝助川徳是
しA14
何気ない一瞬に焼き付けられた、はかなく移ろいゆく幸福なひととき。人生の喜びとあわれを透徹したまなざしでとらえた、名作『絵合せ』と対をなす家族小説の傑作。
978-4-06-514722-1

水原秋櫻子
高濱虚子　並に周囲の作者達
解説＝秋尾　敏　年譜＝編集部
みN1
虚子を敬慕しながら、志の違いから「ホトトギス」を去り、独自の道を歩む決意をした秋櫻子の魂の遍歴。俳句に魅せられた若者達を生き生きと描く、自伝の名著。
978-4-06-514324-7

講談社文庫　目録

2018年12月15日現在